Nos proches
ne meurent jamais

Allison DuBois

Nos proches
ne meurent jamais

traduit de l'américain par Danièle Momont

ÉDITIONS FRANCE LOISIRS

Ce livre a été publié sous le titre
Don't kiss them goodbye
par Simon & Schuster, New York, 2004.

Édition du Club France Loisirs,
avec l'autorisation des Presses du Châtelet.

Éditions France Loisirs,
123, boulevard de Grenelle, Paris.
www.franceloisirs.com

Le Code de la propriété intellectuelle n'autorisant, aux termes des paragraphes 2 et 3 de l'article L. 122-5, d'une part, que les « copies ou reproductions strictement réservées à l'usage privé du copiste et non destinées à une utilisation collective » et, d'autre part, sous réserve du nom de l'auteur et de la source, que les « analyses et les courtes citations justifiées par le caractère critique, polémique, pédagogique, scientifique ou d'information », toute représentation ou reproduction intégrale ou partielle, faite sans le consentement de l'auteur ou de ses ayants droit ou ayants cause, est illicite (article L. 122-4). Cette représentation ou reproduction, par quelque procédé que ce soit, constituerait donc une contrefaçon sanctionnée par les articles L. 335-2 et suivants du Code de la propriété intellectuelle.

Copyright © Allison DuBois, 2004.
Copyright © Presses du Châtelet, 2007, pour la traduction française.
ISBN : 978-2-298-00599-8

À tous les pères.

Avant-propos

Allison DuBois est un médium hors du commun. Lorsqu'elle entre en contact avec l'« autre côté », elle le fait avec résolution quoique avec précaution, et elle y met tout son cœur. À chaque page de ce livre, l'amour est palpable. L'amour qui prévaut au sein de sa famille et parmi ses amis, l'amour qu'elle porte à son mari, qui l'aime en retour et la soutient, l'amour inconditionnel qu'elle éprouve pour ses enfants forment un cercle d'énergie qui renforce ses objectifs et maximalise ses facultés. Les consultations qu'elle décrit dans cet ouvrage démontrent son aptitude innée à fournir à ses clients des informations précises sur leurs chers disparus. Elle apporte à ceux qui la consultent, avec autant de rigueur que de prévenance, la preuve qu'entre ce monde-ci et l'autre la connexion ne se rompt pas.

Les multiples anecdotes qu'Allison nous livre concernent aussi bien ses plus proches amis que ses clients, mais elles sont bien davantage qu'une simple évocation des dons qu'elle a reçus. Elles en disent également long sur les énergies spécifiques qui, au cours de ces séances, circulent entre Allison et ceux qui viennent solliciter ses conseils. Les médiums sont l'affirmation vivante qu'un lien d'amour perdure entre les deux faces de la réalité. Ce pont jeté entre ici et là-bas offre aux vivants la possibilité de surmonter leur deuil au mieux. Les facultés parapsychiques d'Allison permettent à ceux qui viennent la voir de trouver le repos une fois qu'ils ont compris que leurs proches décédés demeurent auprès d'eux. Allison vient aussi en aide aux esprits qui, en la chargeant de transmettre leurs messages, gagnent la paix à leur tour. Elle occupe dans l'univers des médiums une place à part, en raison de la manière dont elle délivre ensuite ces messages. Elle compte en effet parmi les rares extralucides à comprendre d'instinct que les éléments qu'elle communique à ses clients risquent parfois de les submerger émotionnellement et qu'à ce titre ses aptitudes ne sauraient s'exercer sans réelle compassion. Pour cette raison, Allison donne volontiers de son temps aux causes justes – à un groupe de soutien aux parents d'enfants victimes, par exemple –, enchaînant pendant deux heures et demie quelque quarante consultations afin de soulager ces pères et mères endeuillés. Les motifs qui la poussent à rester fidèle à ses dons et à dépenser autant d'énergie se sont imposés d'eux-mêmes : Allison est persuadée que, en apaisant les autres, elle s'apaise elle-même.

Allison dédie cet ouvrage aux pères. Je n'imaginais pas que le mien, mort en 1990, m'épaulerait dans les recherches que je mène à présent. La science était-elle en mesure de prouver qu'une conscience individuelle pouvait survivre au trépas et que, dès lors, elle continue de vivre, d'aimer et d'évoluer en toute lucidité ? Mon père était-il toujours ici, tout en se trouvant là-bas ? J'appartenais alors à la race des sceptiques, sans être pour autant réfractaire à l'inexplicable. Après le décès de mon père, j'ai vécu, comme nombre de mes proches, d'étranges expériences. Seulement, j'étais la psychologue de la famille. J'ai donc établi plusieurs diagnostics, mais aucun d'eux ne me satisfaisait. « Et si... ? » Cette interrogation résonnait sans cesse dans ma tête à la manière d'un mantra. J'ai décidé d'obtenir une réponse à cette question, ainsi qu'à d'autres de la même nature. J'ai donc fait appel à la science, avec l'espoir que certaines de ces réponses nous parviendraient de notre vivant.

Cofondatrice et jadis codirectrice – entre 1996 et 2001 – du Human Energy Systems Laboratory, aujourd'hui présidente et directrice du Heart Science Foundation Laboratory[1], je suis fière de constater qu'à la suite d'Allison, d'autres médiums nous ont rejoints dans ces contrées où convergent thérapies énergétiques, médiumnité, psychologie, spiritualité, physique et cardiologie. Allison participe depuis quatre ans déjà à nos expériences pour tenter d'éclairer d'une lumière nouvelle les facultés médiumniques, de déterminer ce que la recherche sur la vie après la mort est susceptible de nous apprendre sur nous-mêmes, et de savoir dans quelle direction orienter les aptitudes des êtres doués de conscience que

---

1. Laboratoire des systèmes énergétiques humains et Laboratoire de la fondation du cœur *(N.d.T.)*.

nous sommes tous. Souhaitons que sa collaboration aide un jour les jeunes générations de médiums à être mieux acceptées.

Allison et moi désirons, l'une comme l'autre, comprendre la vie après la mort et fournir aux sceptiques des éléments suffisamment sérieux sur lesquels s'appuyer. Nous avons multiplié les tests, mis au point des études de plus en plus pointues et obtenu des résultats probants. Il s'agit là d'une formidable aventure, grâce à laquelle nous saisissons de mieux en mieux ce qui est réellement possible et ce à quoi l'on peut parvenir si l'on accepte, pour sonder l'inconnu, de laisser de côté nos *a priori,* nos craintes et notre amour-propre. Les extralucides célèbres que nous avons observés, et Allison DuBois est de ceux-là, nous ont démontré tout le courage dont ils sont capables, eux qui ont emprunté des chemins de traverse, seuls d'abord, puis à nos côtés. Leur quête de vérité, d'excellence et de générosité est une bénédiction pour nous tous.

Dr Linda G. Russek,
psychologue clinicienne.

Introduction

Ceux qui connaissent la série télévisée *Medium* savent sans doute qu'elle est inspirée de mes propres expériences. À ceux qui n'en ont jamais entendu parler et qui souhaitent explorer les mystères de la vie après la mort, je conseille d'aller y jeter un œil. Je me propose, dans ce livre, de vous faire pénétrer plus avant dans ma vie, à ceci près que je devrai me passer ici du talent des scénaristes de *Medium*. Je souhaite vous exposer la manière dont mes facultés parapsychiques influent sur le cours de mon existence. Peut-être êtes-vous intrigués par mes capacités à voir et à pressentir des événements que les autres ne discernent pas. Peut-être serez-vous amenés, en en apprenant davantage sur les extralucides, à vous poser des questions sur vous-mêmes. Peut-être faites-vous partie de ceux qui savent déjà que nos chers disparus demeurent à nos côtés et, à ce titre, souhaitez-vous resserrer les liens qui vous unissent à eux. Je vous invite à me rejoindre dans cette aventure, afin de mieux comprendre comment ce que j'ai vécu a fait de moi celle que je suis aujourd'hui. Je vous parlerai de la vie après la mort, et je vous apprendrai à maintenir le contact avec les êtres qui comptent le plus à vos yeux. Puisse cet ouvrage vous inspirer comme tant d'autres m'ont inspirée.

Je rapporte notamment des anecdotes concernant mon enfance, afin de répondre aux questions et aux doutes que nombre de médiums en herbe se posent au sujet de leurs dons. J'espère que mon histoire vous permettra de mieux connaître le point de vue et les sentiments de ces jeunes personnes. Je désire également que ces quelques pages vous montrent comment nous pouvons les aider à prendre conscience de leurs aptitudes afin qu'ils en jouissent ensuite pleinement. Il est en effet nécessaire, dans un premier temps, de comprendre ses dons avant de s'épanouir en tant qu'individu. Je souhaite que vous trouviez ici de quoi vous faire une idée précise du genre de vie que mènent les extralucides. Je tiens enfin à vous apprendre d'où nous venons et à vous montrer le potentiel dont nous disposons tous. Penser l'inconnu, telle est la première phase du combat à livrer pour élargir nos croyances spirituelles. La seconde phase consiste à en faire personnellement l'expérience.

Permettez-moi de me présenter

Je suis médium, c'est-à-dire que je suis capable de prédire l'avenir, de pénétrer l'esprit des autres ou de détecter chez eux un ennui de santé et de communiquer avec les morts. Oui, je vois des morts.

J'aurais aimé qu'il existe des mots plus flatteurs qu'« extralucide » ou « voyant » pour désigner les gens comme moi, car ces termes sont à jamais entachés par les escrocs auxquels on les associe volontiers. Pour ma part, je parle tout simplement de « don ».

Je suis venue au monde, par les voies traditionnelles, le 24 janvier 1972, à Phoenix, en Arizona. Je suis à la fois assez âgée pour maîtriser mon art et assez jeune pour continuer de l'aiguiser encore. J'ai un frère aîné, Michael, qui adore me taquiner. Mes parents ont divorcé lorsque je n'étais encore qu'un bébé, mais j'ai grandi avec l'assurance qu'ils m'aimaient tous les deux.

Toute petite déjà, j'avais compris que je n'étais pas une enfant comme les autres. Outre l'apparition de mon arrière-grand-père dans ma chambre peu de temps après son inhumation, les signes avant-coureurs étaient nombreux.

Je m'identifiais aux personnages de fiction doués de facultés exceptionnelles. Qu'il s'agisse de la petite Tabatha de *Ma sorcière bien-aimée* ou de Tia, dans *La Montagne ensorcelée,* je savais que ces fillettes étaient différentes, elles aussi. Elles auraient pu comprendre ce que j'éprouvais, j'en étais certaine, cette impression d'être une exception à la règle à laquelle les adultes ne saisissaient rien. Moi qui veillais à ne pas révéler trop de choses à mon entourage, je savais parfaitement pourquoi, dans les films, les extralucides gardaient le secret sur ce qui concernait leurs dons. La manière dont je m'identifiais à ces petites héroïnes dépassait le simple cadre de la fantaisie enfantine et le désir puéril d'être Wonder Woman ou Super Jamie. À l'âge de dix ans, ceux que j'avais désormais coutume d'appeler mes « guides » se sont mis à me répéter que j'étais unique en mon genre. Ils m'ont en outre informée que, plus tard, je jouerais un rôle décisif dans la vie de beaucoup de personnes. J'avais bien du mal à m'imaginer pouvoir un jour occuper une telle fonction.

Mes guides m'ont contactée par intermittence durant toute mon enfance et mon adolescence. Je ne savais certes pas très bien quelles étaient ces voix, mais j'étais sûre qu'elles émanaient d'une instance transcendante pleine de bonté. Je ressentais l'énergie de ces visiteurs et, même si je n'en avais pas peur, je craignais de ne pas me montrer à la hauteur de leurs attentes.

Sans cesse, je me posais cette question : pourquoi moi ? J'étais quelqu'un d'ordinaire. Mes parents avaient divorcé. Les offices religieux m'ennuyaient profondément – ma mère me traînait à l'église tous les dimanches et je n'aimais pas ça. Je préférais m'adresser directement à Dieu, dans la solitude. Je me sentais intimement liée à une puissance supérieure, aussi étais-je très pointilleuse sur le comportement des autres à son égard. À l'église, les adultes célébraient par leurs chants un certain nombre de valeurs mais, une fois dehors, ils ne mettaient pas ces principes en pratique. Cela me choquait beaucoup, mais si je tentais d'exprimer mon opinion à ce sujet, on me réprimandait.

J'ai peu à peu rempli ma chambre de poupées et de peluches ; elles étaient mes boucliers. Je les alignais sur les étagères, par terre, j'en disposais partout afin qu'elles meublent l'espace. J'érigeais ainsi des barrières entre l'Inconnu et moi. Puisque je percevais autour de moi toutes sortes de variations d'énergie, puisque j'avais parfois des apparitions, je comptais sur mes animaux en peluche pour combler le vide matériel où évoluaient les diverses entités. Mes jouets me permettaient aussi de m'apaiser. J'avais élaboré une théorie selon laquelle poupées et peluches avaient pris possession du champ autrement occupé par des puissances invisibles. Les enfants apprennent, au même titre que les adultes, à gérer les situations difficiles de manière à se sentir plus à leur aise.

J'ai passé toute ma jeunesse à tenter de me convaincre de ma normalité. Au début des années 1980, j'ai participé à de multiples compétitions de roller. Les jeunes que je croisais à la patinoire étaient plutôt exubérants, avec leurs permanentes volumineuses, leurs jambières et leurs roues de patins étincelantes. Je passais des heures à les regarder filer de plus en plus vite jusqu'à devenir des cercles lumineux. Je les observais avec attention, comme si j'avais attendu que quelque chose, au fond de chacun d'eux, émerge et devienne visible.

J'adorais la compétition, l'idée du « tout ou rien ». Figures libres, figures imposées, danse... je concourais dans toutes les disciplines. Et j'aimais particulièrement, même si cela n'arrivait pas souvent, les épreuves opposant les filles aux garçons. J'étais toujours ravie de battre ces messieurs.

Le roller me permettait aussi d'échapper aux conflits qui, à la maison, éclataient entre mon beau-père et ma mère. Quand j'ai eu douze ans, celle-ci s'est séparée de cet homme que, dix années durant, j'avais appelé « papa ». Je l'ai revu un an plus tard, avec sa nouvelle famille. Il ne m'a pas remarquée et je ne l'ai plus jamais croisé depuis.

Ma mère s'est remariée quelques années plus tard. On ne m'a pas accordé de place au sein du couple. Un mois avant mon seizième anniversaire, j'ai quitté la maison pour partager un appartement avec Domini, une amie de lycée. Je me revois telle que j'étais à l'époque : oisive, une bière à la main, me demandant comment j'avais pu être assez sotte pour annoncer jadis à mon instituteur de CM2 que je comptais un jour m'inscrire à Harvard. C'était ridicule. Au train où allaient les choses, je n'allais même pas être capable d'intégrer un cursus universitaire de premier cycle.

J'ai vécu une adolescence douloureuse et solitaire.

Tout un tas de gens gravitaient autour de moi, mais je me sentais totalement abandonnée. Il me semblait aussi que j'avais tendance à attirer des individus qui dégageaient une énergie néfaste. C'est pourquoi je me fais toujours du souci pour ces jeunes gens que leur aura lumineuse signale au milieu d'un groupe. Je l'ai souvent entendu dire lorsque j'avais leur âge, et je le comprends aujourd'hui : les entités négatives sont naturellement attirées par la lumière, qu'elles tentent ensuite de manipuler pour leur propre compte. Ces êtres sombres sont capables de repérer leur contraire à des kilomètres à la ronde. Hélas, les entités lumineuses ont beaucoup plus de mal à distinguer les énergies nocives. Cela dit, il est possible, grâce à l'expérience, d'apprendre à les débusquer, afin de mieux les éviter.

Avez-vous déjà comparé une photo récente d'un de vos proches à un cliché plus ancien ? Dans le regard d'un jeune homme ou d'une jeune fille danse une lueur qui, souvent, se consume avec l'âge. Voilà le secret : tout faire pour garder cette lueur vive et claire, car elle est le reflet de notre âme. Ne la laissez jamais s'éteindre. J'ai rencontré des septuagénaires dont l'esprit était semblable à celui d'un adolescent. Je suis, pour ma part, fermement décidée à préserver toute la fougue de ma jeunesse intérieure.

1

« My Way »

Par la fenêtre, je contemplais le jardin. J'ai levé les yeux vers les étoiles, là-haut dans le ciel, avant de les baisser à nouveau vers le coin jeux de mes filles.
« Où es-tu, papa ? »
Je scrutais toujours le jardin.
« Je vois tous les autres ; pourquoi toi, je ne te vois pas ? J'ignore à quoi tu ressembles à présent ! J'ai besoin de te voir ! »
Je pleurais toutes les larmes de mon corps, comme si elles avaient eu le pouvoir d'en extirper le chagrin. Mais j'avais beau sangloter, l'atroce douleur refusait de se dissiper.
Je me suis effondrée sur le canapé, considérant cette maison dans laquelle j'avais emménagé voilà moins de quatre semaines, cette maison dans laquelle je m'étais installée pour me rapprocher de mon père. Mais plus jamais mon père n'en franchirait le seuil : il était mort subitement à peine vingt-quatre heures plus tôt.
Deux jours avant son décès, j'avais eu une conversation avec Alison, ma voisine, dont j'avais fait la connaissance peu après notre arrivée. Les médecins

venaient de découvrir chez son père une affection du cerveau à un stade avancé ; le diagnostic n'était pas bon. C'était un homme merveilleux que j'avais eu le privilège de rencontrer une fois.

« Je sais que c'est difficile de trouver quoi que ce soit de positif dans ce qui arrive à ton père, lui avais-je dit, et pourtant des gens viennent me consulter parce qu'ils sont anéantis de n'avoir pas eu l'occasion de dire au revoir à celui ou celle qu'ils ont perdu. Toi, tu as la chance de pouvoir serrer ton père dans tes bras, de t'asseoir près de lui et, quand l'heure sera venue, de lui faire tes adieux. Dis-lui tout ce que tu as besoin de lui dire, dis-le-lui maintenant, fais tout ce que tu as besoin de faire pour vivre au mieux ses derniers instants. J'ai beau être médium, je ne possède pas le pouvoir de serrer contre moi ceux qui m'ont quittée. Je peux entrer en contact avec eux, mais pas les étreindre. Ce n'est pas la même chose. Toi, tu as cette chance. »

Alison et moi n'allions pas tarder à saisir toute la portée de notre amitié naissante.

Mon père est décédé au terme d'un week-end de fête. Le 20 septembre 2002, je me suis rendue en Californie pour le mariage de ma cousine Vanessa. J'étais heureuse d'y assister en compagnie de Joe, mon époux ; nous avions bien besoin de souffler un peu. Il s'est produit tout au long de la cérémonie divers incidents étranges. Je pouffais en pressant la main de Joe, car je savais que tante Olivia, la sœur de mon père disparue six ans plus tôt, était en train de se manifester. Je n'avais jamais douté qu'elle participerait à la noce ; je me demandais seulement comment elle allait nous le faire savoir. Après le mariage, nous avons suivi la voiture de la fiancée de mon cousin Mark pour nous rendre à la réception ; elle s'est trompée de route, ce qui nous a valu d'effectuer quelques détours. Nous avons donc rejoint la fête avec un peu de retard, mais, une fois sur place, nous ne demandions plus qu'à nous amuser.

L'heure de notre arrivée allait se révéler d'une importance capitale. En pénétrant dans la salle de bal, j'ai reconnu un air familier – cet instant demeurera pour toujours gravé dans ma mémoire. Un groupe de Mariachis interprétait « My Way ». Je n'avais jamais entendu chanter cette chanson lors d'un mariage : ses paroles n'évoquent en rien la vie à deux. Qui plus est, elle n'appartient pas au répertoire traditionnel des Mariachis, puisqu'elle est en anglais. Je me suis retournée aussitôt vers Mark et Joe.

J'étais stupéfaite : j'avais prévu de demander que l'on passe cette chanson le jour où il me faudrait enterrer mon père. « My Way » lui allait en effet comme un gant, certes parce qu'il était un esprit indépendant, mais aussi parce qu'il possédait cette décontraction qu'affichaient les membres du Rat Pack. Il avait enseigné la danse de salon des dizaines d'années durant et il nous arrivait souvent d'écouter ensemble les disques de Frank Sinatra. Il arborait un gros diamant au petit doigt et, à dix-sept ans, j'avais décidé de porter une bague identique, comme pour me lier plus étroitement à lui. Tout ce qu'il faisait, il le faisait avec classe.

Deux ans auparavant, j'avais fait une prédiction. Je

venais, ce jour-là, de déjeuner avec mon père et, en rentrant, j'avais confié à Joe mon terrible pressentiment : mon père allait mourir à soixante-sept ans d'une crise cardiaque.

Dès lors, j'ai tout fait pour éviter le drame. J'ai raconté ma prémonition à quelques-uns de mes proches. Puis, je suis allée acheter, en compagnie de mon amie Stacey, un CD de Sinatra contenant « My Way » en lui expliquant que c'était pour l'inhumation de mon père. D'un côté, j'organisais ses funérailles, de l'autre je me démenais pour qu'elles n'aient pas lieu d'être. Mon père m'a promis de subir des examens cardiologiques. Il a tenu sa promesse à plusieurs reprises. Selon les médecins, tout était normal.

Les Mariachis ont joué les dernières notes de la chanson ; je me sentais mal.

« Arrête, papa se porte comme un charme », me suis-je dit en priant pour que ce soit vrai. Sur mes recommandations, il avait écumé tous les centres de cardiologie de la région. Il faisait régulièrement de l'exercice et se nourrissait sainement. Il suivait mes conseils. J'avais fait tout ce qu'il fallait.

Je lui avais téléphoné le jeudi soir et comptais le rappeler dimanche, une fois rentrée à la maison. Il devait venir déjeuner chez nous le samedi suivant. Il me manquait. J'avais quitté la banlieue de Phoenix pour m'installer au centre-ville, afin de pouvoir passer davantage de temps avec lui. J'avais hâte de le voir plus souvent. Je n'avais emménagé que trois semaines plus tôt, j'étais encore dans les cartons.

Le dimanche matin, Joe, Mark, mon amie Laurie et moi traînions un peu en attendant d'aller prendre l'avion qui devait nous ramener à Phoenix. Le téléphone a sonné, Joe s'est levé pour répondre. Après avoir écouté quelques instants, il s'est tourné vers moi pour m'annoncer : « Allison, ton père est mort. »

C'était comme si tout mon souffle venait d'être aspiré hors de mon corps.

« Mamie, tu veux dire ? Papa, ce n'est pas possible ! »

À sa mine, j'ai pourtant compris que si. Mon cœur était en miettes. Tout se brouillait dans mon esprit.

J'étais furieuse contre Dieu : « Tu n'as pas le droit de me prendre mon père ! Malgré les railleries et le scepticisme autour de moi, je continue d'agir comme Tu me l'ordonnes. J'ai fait tout ce que Tu m'as demandé de faire sans la moindre hésitation, mais c'était à condition que Tu ne me prennes pas mon père ! »

Je n'avais que trente ans, et papa s'en était allé. Mes filles n'auraient pas de grand-père ; les deux plus jeunes se souviendraient à peine de lui. On vient me consulter pour apprendre à gérer son chagrin, mais je me sentais personnellement incapable de reprendre le dessus. Je m'étais vidée d'un coup. Je n'avais plus rien à donner.

Pendant le trajet de retour, j'ai observé autour de moi les gens qui continuaient de vaquer à leurs occupations. J'avais envie de leur dire : « Arrêtez ! Mon père vient de mourir, tout doit s'arrêter ! »

Seulement, la vie n'est pas ainsi faite. Je le sais parfaitement. J'avais perdu la tête, je n'arrivais pas à me maîtriser. Tandis que je me débattais avec mon chagrin, je me suis soudain avisée que, étant la plus proche parente du défunt, c'était à moi qu'il revenait d'organiser l'enterrement.

La mort a ceci de curieux qu'elle fait ressortir aussi bien le meilleur que le pire des êtres. Elle met en lumière la vérité et, à son contact, l'existence nous apparaît dans toute son aveuglante clarté. La réalité reprenait peu à peu ses droits. En passant récupérer les affaires personnelles de mon père, j'ai glissé sa bague à mon doigt, à côté de la mienne ; je ne m'en séparerais plus. J'avais perdu la notion du temps, je ne ressentais plus la faim, j'avais tout oublié des menues tâches quotidiennes. Tout se bousculait dans un abominable chaos. J'ai décrété à Joe que je ne dormirais plus, sous prétexte que chaque nuit passée m'éloignait un peu plus du jour où papa avait rendu son dernier soupir. Je n'admettais pas qu'il ne soit bientôt plus qu'un souvenir lointain. Je ne savais pas comment me comporter, et mon incapacité à percevoir sa présence, alors même que je percevais celle des autres disparus, me mettait en colère.

À l'inhumation, j'ai retrouvé mon cousin Mike – c'était aussi le prénom de mon père. Nous nous sommes embrassés. Mike m'a remis une photo étonnante. Le cliché avait vingt ans, il avait été pris le jour du mariage du père de Mike, qui posait à côté du mien, chacun ayant passé un bras autour des épaules de l'autre. Tous deux arboraient un sourire éclatant, de toute évidence ils étaient ravis. Le père de Mike était mort dix ans plus tôt. J'étais tellement touchée qu'en retour j'ai tendu le bras vers mon cousin pour déposer dans le creux de sa main la montre en or de mon père. Sa préférée. Elle portait son prénom gravé au dos et il ne la quittait jamais.

« Papa serait content qu'elle te revienne. »

Mike a souri : « C'est mon père qui a gravé l'inscription. Je reconnais son style. »

Je suis persuadée que, ce jour-là, ce sont nos pères respectifs qui nous ont poussés l'un vers l'autre, afin que les deux orphelins que nous étions devenus puissent échanger des gages de leur amour. Car cette montre, témoignage de l'affection de mon père, était aussi, pour Mike, un signe que son propre père lui adressait. Quant à la photographie, qui m'offrait une image d'un bonheur tel que je pensais alors ne plus jamais pouvoir en éprouver, elle me permettait de découvrir le visage de mon père dans l'au-delà. Je ne parvenais certes pas encore à entrer en contact avec lui, mais lui était entré en contact avec moi.

Soudain, la fureur m'a de nouveau submergée : « Je suis en train d'assister à l'enterrement de mon père ! » J'ai levé les yeux vers les vitraux de l'église pour invectiver Dieu : « Comment as-tu pu me le prendre de cette façon ? Pourquoi devrais-je T'écouter encore ? »

J'ai alors entendu une voix féminine me répondre : « Tu as eu droit à deux ans pour lui faire tes adieux. »

La voix disait juste. J'avais eu deux ans ! Même si je ne me trouvais pas auprès de mon père au moment de sa mort, je lui avais dit au revoir chaque fois que je l'avais vu ou que je lui avais parlé. Deux années durant, je lui avais fait mes adieux à travers chacun de mes mots, chacun de mes gestes, et je le savais parfaitement. J'avais compris que ses jours étaient comptés dès l'instant où m'avaient été communiquées l'année et la cause de son décès.

Ç'avait été à la fois une grâce et une malédiction.

Je me suis rappelé notre dernière conversation. « Tiens bon, papa, lui avais-je dit ce jour-là, je te donnerai un coup de main dès mon retour. Ne me laisse pas toute seule ; j'ai encore besoin de toi. »

Il n'avait rien répondu, alors je lui avais dit que je l'aimais, puis j'avais raccroché. Au fond, je n'avais pas réussi à séparer en moi le médium de la fille. Par ces dernières paroles, j'avais accepté l'idée que j'étais sur le point de le perdre. Mais j'avais ensuite refusé de l'admettre consciemment, parce que, pour une fois, j'aurais souhaité de toutes mes forces que mes prédictions soient fausses.

Il m'est apparu que si j'avais eu le choix, je ne l'aurais jamais laissé s'en aller. C'est donc Dieu qui fixe l'heure à laquelle notre âme doit poursuivre sa route, l'heure à laquelle il nous faut quitter cette terre. Nul d'entre nous ne se contenterait d'abandonner les siens (ni de s'abandonner lui-même, d'ailleurs) d'un simple : « Très bien, que Dieu les emporte ! Salut ! » Non, les choses ne se passent jamais ainsi.

Dans un premier temps, j'ai été incapable de communiquer avec mon père, parce que mon chagrin m'entravait. Alors, c'est lui qui s'est manifesté. Moins d'une semaine après sa mort, deux des élèves qui suivaient ses cours de danse m'ont téléphoné. Ils ne s'étaient pas concertés et ignoraient l'un comme l'autre que j'étais médium. Je sais que mon père ne leur avait rien dit. Le jour où il avait appris de quoi j'étais capable, il m'avait décrété : « Surtout, n'en parle à personne. »

Les deux élèves m'ont rapporté qu'ils avaient rêvé de mon père. Tous deux m'ont expliqué qu'il leur était apparu en pleine santé et heureux. Ils s'étaient entretenus avec lui, et il leur avait demandé d'appeler sa fille pour lui faire savoir que tout allait bien. Ils avaient d'abord hésité à me téléphoner, craignant que je les prenne pour des fous. Vu la situation, leurs appréhensions m'ont fait sourire.

Lorsque nos chers disparus semblent échouer à communiquer avec nous, ils s'acharnent en réalité jusqu'à y parvenir. J'éprouve un immense réconfort quand je pense que mon père a réussi cette semaine-là à déployer suffisamment d'énergie pour apaiser mon chagrin par l'entremise d'autres personnes. Nous devrions tous nous réjouir de ces messages et de ces signes ; leur valeur est inestimable.

J'ai engagé un groupe de Mariachis pour l'inhumation et, cela va de soi, je leur ai demandé de chanter « My Way ». Des marines sont aussi venus pour la cérémonie du drapeau et l'un d'eux a joué « Taps ». Papa était très fier d'avoir autrefois servi son pays. J'ai organisé le service funéraire tel qu'il l'aurait souhaité, ainsi qu'une veillée joyeuse, au cours de laquelle des amis fidèles ont échangé à son propos des anecdotes et des photos. Je savais que papa assisterait à son enterrement, de même qu'à la veillée ; je tenais à lui offrir des adieux pleins de gaieté. J'ai atteint mon but et, désormais, je tâche de vivre sans regrets. Une seule chose m'étonnait : je n'arrivais pas à le distinguer aussi nettement que je distinguais, la plupart du temps, l'« invité d'honneur » d'une cérémonie funéraire.

Nous nous efforçons tous de composer avec notre chagrin, et je ne faisais pas exception. Je sentais que si j'entendais une fois de plus le sempiternel « Sois forte ! », j'allais fondre en larmes. Je ne voulais pas être forte, encore moins me soucier de mes paroles ou de mes actes. Si on ne peut pas s'effondrer quand on vient de perdre son père, quand donc est-on censé pouvoir le faire ? La mort, c'est précisément l'effondrement. Un effondrement nécessaire, qui nous permet ensuite de nous reconstruire. Depuis le décès de mon père, je ne suis plus la même. Je ne serai plus jamais la même, mais sa disparition m'a appris des tas de choses. Il a incontestablement enrichi l'extralucide que je suis.

Je tente toujours de repérer les forces des défunts afin de les faire miennes. L'une des grandes forces de mon père résidait dans son rire. Sa bonne humeur était communicative. Les gens l'aimaient parce qu'à son contact ils se sentaient à leur tour bien dans leur peau. C'est pourquoi je fais désormais davantage d'efforts pour être plus sociable, pour prendre le temps de profiter de mes amis. Le plus bel hommage que nous puissions rendre à nos chers disparus consiste à préserver vivante au fond de nous une part d'eux, afin de redire chaque jour combien ils comptent à nos yeux.

Sept semaines après la mort de mon père, mon ami Randy a succombé à un infarctus. Il avait quarante-neuf ans. En rendant visite à son épouse et à leurs enfants, afin de partager leur peine, je me suis rendu compte que les trois adolescents étaient certes fiers de leur père, mais que, surtout, ils savaient combien sa vie avait été formidable. Bien sûr, ils étaient éprouvés, mais ils ne cessaient de rappeler tout ce que Randy avait réussi au cours de son existence et les leçons qu'il leur avait apprises.

La merveilleuse Erica, qui avait alors dix-neuf ans, m'a dit : « Papa ne me conduira jamais à l'autel le jour de mon mariage. Il ne sera pas là pour voir ses petits-enfants. »

Que pouvais-je répondre ? Elle avait entièrement raison. C'était injuste. J'ai soudain mesuré ma chance : mon père était demeuré auprès de moi pendant trente ans. D'autres enfants perdent le leur bien plus tôt, d'autres encore n'ont même pas l'occasion de le connaître.

Mais Erica n'attendait pas de réponse de ma part ; elle a poursuivi en évoquant un beau souvenir, celui des étés passés en famille au bord d'un lac. Randy, qui nous observe de là-haut, doit être fier de ses fabuleux enfants.

À l'inhumation de mon ami, « My Way » a de nouveau retenti. J'ai éclaté en sanglots ; je menais à son terme le processus ébauché lors de l'enterrement de mon père. À Randy comme à lui, la chanson convenait parfaitement.

Si j'ai écrit ce qui précède, c'est, entre autres, parce que nombreux sont ceux que la culpabilité vient ronger le jour où ils perdent un être cher. Si j'avais emmené ma mère voir un médecin, se disent-ils, si j'avais su plus tôt que quelque chose n'allait pas, j'aurais pu empêcher le drame.

À tous, je veux servir d'exemple : je savais que mon père allait mourir, et je savais de quoi. Et je puis vous assurer que j'ai absolument tout fait pour éviter que cela ne se produise, mais j'ai découvert alors que ces choses-là ne dépendaient pas de moi ; elles n'ont jamais dépendu de moi. Lorsque je reçois, en provenance de l'au-delà, des informations utiles à l'un de mes clients, voire des renseignements susceptibles de sauver une vie, je ne suis jamais qu'une intermédiaire. Le message finira bien par parvenir à son destinataire, d'une façon ou d'une autre ; il se trouve que dans ces cas-là c'est moi qui fais office d'agent de liaison. Mais quand l'heure a sonné pour tel ou tel, il n'y a rien à faire. J'espère contribuer à soulager tous ceux qui se reprochent de n'avoir pas su percevoir le signe qui aurait pu empêcher la mort d'un proche. L'histoire de mon père devrait tous leur rappeler que certaines choses ne sont pas de notre ressort.

Aux yeux de mon amie Alison, le décès de nos deux pères éclaire l'avers et le revers d'une même médaille : la mort subite du mien, la lente agonie du sien. Et nous avons eu de la chance, toutes les deux. De la plupart des expériences, il est possible de tirer des enseignements positifs. À condition de bien regarder. Certes, il arrive qu'à travers les larmes nous ayons du mal à distinguer les bonnes choses, mais nous finissons toujours par les voir.

Désormais, je célèbre la mémoire de mon père. J'ai appris à le connaître et à l'aimer davantage encore depuis qu'il nous a quittés. Lorsque j'ai examiné ses effets personnels à la recherche d'une trace de lui, je l'ai redécouvert partout. Dans les nombreux chèques qu'il avait rédigés au profit de diverses organisations humanitaires d'aide aux enfants. Dans le carton où il avait rangé les trophées remportés depuis le début des années 1960 dans les concours de danse de salon. Je l'ai retrouvé dans les cartes que je lui avais envoyées année après année, dans les bonshommes bâtons que je dessinais pour lui quand j'étais petite fille. Il était également présent dans le visage de mes enfants, sur les photos que j'ai alors triées le cœur gros. En récupérant ses chers trésors, j'ai décidé de le récupérer, lui aussi, car il n'est pas parti pour de bon.

« À plus tard, papa ! Je t'aime, mais ça, tu le sais déjà. »

Mon père concluait volontiers une conversation par les dernières paroles d'une célèbre chanson : « Que sera, sera. » Qui vivra verra.

2

La fillette et l'au-delà

En 1978, à l'âge de six ans, j'ai entrevu l'autre côté du réel pour la première fois (c'est du moins l'expérience la plus lointaine dont je garde le souvenir). Mon arrière-grand-père Johnson venait de mourir au terme d'un long combat contre un cancer de l'intestin. Je revois ma mère pleurer sur les souffrances atroces qu'il endurait, lui qui avait toujours été si bon pour elle. Son agonie semblait ne jamais devoir finir.

J'ai assisté à son enterrement, mais sans bien comprendre ce qui se passait. Je me rappelle que le cercueil était juché si haut que je ne pouvais l'atteindre. Il a fallu que ma mère me porte pour que je contemple une dernière fois le défunt.

Grand-père Johnson arborait souvent un chapeau de cow-boy. C'était un homme grand et chaleureux, qui adorait les enfants. Ne plus jouer avec lui allait me manquer. Je lui ai murmuré « au revoir », puis je suis allée me cacher derrière ma mère, comme pour m'échapper.

Je voulais comprendre. Pourquoi tout le monde sanglotait-il ? Je tâchais d'éviter Michael, mon grand frère, qui tenait absolument à me faire toucher la main glacée de grand-père Johnson. J'étais terrorisée. Cela a été une journée longue et triste.

Cette nuit-là, j'ai été tirée du sommeil par la sensation d'une présence dans ma chambre. Une douce lueur baignait la pièce. Je n'avais pas peur, mais j'étais crispée. Grand-père Johnson, qui se tenait au pied de mon lit, a prononcé ces mots : « Je vais bien, je suis toujours auprès de toi. Dis à ta maman que je ne souffre plus. »

J'aurais voulu appeler ma mère, mais la stupeur me paralysait. J'aurais voulu qu'elle voie qu'il n'était plus malade. J'aurais voulu qu'elle constate qu'il était de retour parmi nous – du moins le croyais-je. Mais, déjà, mon arrière-grand-père avait disparu.

Pourquoi ? Pourquoi était-il revenu pour repartir aussitôt ? N'avait-il pas envie de rester avec nous ?

Je me suis levée, puis je suis descendue dans l'entrée et me suis assise à côté de la porte de la chambre de ma mère. Ce qui venait de se passer était anormal. Maman n'avait jamais parlé de gens qu'elle aurait revus après leurs funérailles. Je craignais qu'elle s'imagine que j'inventais des histoires, j'avais peur qu'elle me gronde. Je lui ai pourtant tout raconté. C'était une expérience trop extraordinaire pour la tenir secrète. J'avais besoin de la partager avec elle ; et puis grand-père Johnson m'avait demandé de le faire.

Ma mère s'est comportée comme la plupart des parents en pareil cas : « Bien sûr que je te crois », m'a-t-elle dit avec un sourire, après quoi elle est retournée à ses occupations.

Je savais bien, moi, qu'elle ne me croyait pas. Je me sentais totalement incomprise. Sa réaction, on ne peut plus naturelle cela dit, a marqué pour moi le début d'une période de confusion et de rejet. Mon petit esprit logique était en pleine ébullition, et j'ai fini par conclure que mon arrière-grand-père ne m'avait en fait rendu visite qu'en songe.

Puisque je possédais, me répétait-on, une imagination débridée, j'allais désormais garder pour moi ce genre d'incidents mystérieux. Après la « visite » de grand-père Johnson, j'ai choisi de nier toutes les manifestations paranormales et d'ignorer tous les messages en provenance de l'au-delà. J'avais parfois l'impression de souffrir d'hallucinations : je distinguais ici et là de pâles silhouettes auprès des vivants, et des événements mettant en scène de parfaits inconnus surgissaient dans mon esprit, où ils se déroulaient en continu avec une précision étonnante, comme un film qu'on aurait projeté à l'intérieur de ma tête. Je m'ennuyais tellement, pensais-je, que j'en venais à fabriquer des visions. Ces embouteillages optiques m'épuisaient, l'autre côté de la réalité me submergeait peu à peu sans que j'en sois vraiment consciente.

Il aurait alors fallu, puisque j'étais une enfant médium, que quelqu'un m'encourage à parler de mes dons, mais comment ma mère aurait-elle pu savoir ce dont j'avais besoin ? Dans notre société, peu de gens sont à même d'aider les jeunes extralucides à développer leurs aptitudes. C'est d'ailleurs l'une des raisons qui m'ont poussée à écrire ce livre : je souhaite éviter aux parents d'enfants médiums, ainsi qu'à ces enfants eux-mêmes, de sombrer dans le désarroi et l'incompréhension. Je veux empêcher les jeunes gens de tourner le dos à leurs facultés parapsychiques. Je compte à l'inverse les pousser à les discerner le plus tôt possible.

3

Un ange sur mon épaule

À onze ans, j'étais une fillette empruntée. Mes jambes ressemblaient à celles d'un poulain – démesurées, avec de gros genoux. J'avais de longs cheveux roux bouclés. Mes joues étaient couvertes de taches de rousseur que je détestais. Pour un observateur extérieur, j'étais une petite Américaine insouciante comme il y en avait tant d'autres. Et comme la plupart des enfants choyés, j'étais un peu naïve.

Cet après-midi-là, je rentrais à bicyclette de chez une amie qui vivait non loin de chez nous en songeant à ce que ma mère avait bien pu préparer pour le dîner. Alors que je dépassais une ruelle bordée par les clôtures en bois des maisons, une voiture s'est arrêtée à ma hauteur, deux jeunes hommes à son bord.

Le garçon assis sur le siège passager s'est penché vers moi par la fenêtre ouverte. Il portait les cheveux longs, comme mon frère Michael. J'ai pensé qu'il s'agissait peut-être d'un de ses amis. Nous habitions dans une impasse, aussi les adolescents qui poussaient jusqu'ici venaient-ils presque tous rendre visite à mon frère.

Les instants qui ont suivi resteront à jamais gravés dans ma mémoire.

— Tu veux qu'on te raccompagne chez toi ? m'a demandé le jeune homme en souriant.

— Non, merci, ai-je répondu (ma mère m'avait appris que la politesse était une notion importante). J'habite juste un peu plus loin. Je suis presque arrivée.

— Allez, viens, tu vas voir, on va bien s'amuser ! Viens faire un petit tour avec nous.

J'ai balayé les environs du regard. Personne devant les maisons, pas une automobile sur la 32ᵉ Rue ; il n'y avait pas âme qui vive. J'avais mal au cœur. Il se tramait quelque chose d'anormal, mais j'étais incapable de faire le moindre mouvement.

Une voix a soudain murmuré à mon oreille : *Va-t'en ! Fiche le camp d'ici !* Dans le même temps, des images de ma maison se sont succédé à toute allure dans ma tête. La voix m'avait brusquement tirée de l'hébétude où la peur m'avait plongée. Je me suis mise à pédaler pour rentrer chez moi. La voiture a filé dans la direction opposée, accélérant le long de la 32ᵉ Rue. Terrorisée, je retenais mon souffle jusqu'à en avoir mal dans la poitrine. J'ai regagné la maison aussi vite que j'ai pu, et j'ai tout raconté à ma mère.

Elle a réagi comme réagissent la plupart des parents confrontés à ce genre de situation : elle a préféré ne pas appeler la police. Depuis, œuvrant pour la protection de l'enfance, j'ai pu constater que ces tentatives d'enlèvement n'étaient hélas presque jamais signalées par les parents.

Cette année-là, dans mon quartier, un petit livreur

de journaux a été kidnappé, puis abusé sexuellement. Je sais, au plus profond de moi, que si j'étais demeurée ne serait-ce que trente secondes de plus près de cette voiture, le jeune homme m'aurait entraînée de force, et que j'aurais été victime d'un drame épouvantable. Et si je suis toujours là, aujourd'hui, pour partager mes expériences, c'est parce qu'en ce bel après-midi de 1983 j'ai répondu à l'appel de la voix pleine d'autorité qui résonnait en moi. Je l'ai écoutée, et j'ai survécu. Sachez, vous aussi, tendre l'oreille aux êtres qui vous guident – un ange, un membre de votre famille ou un protecteur. Ils s'efforcent de vous faire traverser l'existence le mieux et le plus sûrement possible, alors soyez attentifs aux conseils qu'ils vous donnent. Ne les repoussez pas. Et ne vous demandez pas s'ils sont bel et bien à vos côtés, car ils y sont.

J'ai eu l'occasion, au cours de la même année, de voir un téléfilm intitulé *Adam*. Il retraçait l'histoire d'Adam Walsh, un garçonnet de six ans qu'on avait enlevé, assassiné puis décapité. C'est en regardant ce film que j'ai compris de quoi les ravisseurs d'enfants étaient capables. J'avais jusque-là vécu dans un cocon, sans imaginer un instant que pouvaient exister de telles horreurs. Je me suis fait, du même coup, une petite idée de ce que les deux garçons croisés au cours de l'été auraient pu me faire subir si je m'étais attardée.

Je n'étais pas en âge de comprendre pourquoi certaines personnes s'en prenaient aux enfants, mais je savais que c'était mal. Je savais aussi que d'autres adultes étaient en mesure d'empêcher ces monstres d'agir. Alors, je me suis juré qu'en grandissant je contribuerais à mon tour à protéger les enfants de ces prédateurs. J'opterais pour la politique ou la justice. Pour l'heure, j'étais encore trop petite, mais un jour viendrait où je pourrais passer à l'action.

Ma crainte d'être enlevée s'est d'abord transformée en colère. Je me suis mise ensuite à échafauder des plans. Quelque temps après, j'ai rédigé une dissertation dans laquelle j'ai exposé la carrière que je comptais mener. Je voulais devenir procureur, puis juge, afin de punir sévèrement ceux qui s'attaquaient aux plus jeunes. Ma voie était tracée. Une force me poussait à livrer bataille contre les abuseurs d'enfants.

Une vingtaine d'années plus tard, en novembre 2000, j'ai renoué avec mon grand projet : j'ai été amenée, dans le cadre d'une enquête concernant la disparition d'une fillette au Texas, à participer à la mise en place d'un système d'alerte en cas d'enlèvement d'enfant en Arizona.

Chaque fois que je fournis aux policiers des renseignements susceptibles de les mettre sur la bonne piste, je songe que j'ai ainsi contribué à lutter contre le crime. Je m'efforce d'équilibrer les deux plateaux de la balance. Lorsqu'un abuseur d'enfant est reconnu coupable, c'est la société tout entière qui s'en trouve soulagée. Quand, avec d'autres, j'apaise le chagrin des membres d'une famille de victime, quand, grâce à mon intervention, ils se sentent le cœur un peu moins gros, je me dis que le jeu en vaut la chandelle et que les lourdes tâches que j'accepte d'assumer servent bel et bien à quelque chose.

Je le sais aujourd'hui : en ce terrible jour de 1983, tandis que je fonçais sur ma bicyclette pour rentrer chez moi, un ange se tenait sur mon épaule, m'invitant à m'engager sur la voie que je continuerais de suivre une fois adulte.

4

Disparitions

C'est à l'âge de dix-neuf ans, en première année d'université, que j'ai découvert les sciences politiques. En écoutant, de cours en cours, notre professeur évoquer toutes sortes de guerres, je me suis prise de passion pour les conseillers politiques et leurs capacités à résoudre les situations périlleuses. Il me semblait que ces gens-là, s'ils avaient certes besoin de connaissances historiques pour agir, possédaient en outre, pour désamorcer les crises éventuelles, quelque chose qui ressemblait à de l'instinct. De tout temps, ces hommes de l'ombre ont œuvré pour la sécurité des États-Unis.

Je me retrouvais donc tiraillée entre l'envie d'intégrer la magistrature et celle de devenir conseillère politique. J'étais alors capable de deviner ce que les gens s'apprêtaient à faire avant qu'ils le fassent et il m'arrivait souvent, en regardant un reportage télévisé consacré à une affaire non résolue, de voir le criminel en pensée. Mais j'étais encore trop jeune et trop novice pour mesurer toute la portée de mes dons. Et puis j'avais du mal à admettre ma différence. Il allait me falloir du temps, ainsi qu'une succession complexe d'événements, pour comprendre pleinement qui j'étais et l'accepter.

Depuis, j'ai travaillé sur de nombreux cas de disparitions. J'établis le profil psychologique des suspects pour le compte de la police, et j'apporte mon soutien aux familles et aux proches des victimes assassinées. Je pénètre aussi bien l'esprit d'une victime que celui d'un tueur. Cela dit, j'obtiens de meilleurs résultats dans le second cas de figure, car un meurtrier sollicite davantage son cerveau que son âme ou son cœur. Il est plus facile d'accéder aux pensées d'un individu qu'à ses émotions. Je m'efforce de recueillir un maximum de renseignements en un minimum de temps, de sorte que, moins les affects s'en mêlent, plus j'ai de chances d'obtenir une information cohérente. Hélas, les affaires d'enlèvement connaissent rarement une issue heureuse.

La plupart des gens ignorent que de nombreux médiums qualifiés – encore que l'aspect paranormal de leur activité ne soit pas toujours reconnu comme tel – collaborent quotidiennement au titre de profileurs auprès des forces de l'ordre. C'est que, souvent, nous ne tirons pas la moindre gloire de nos interventions car, d'un point de vue légal, elles risqueraient d'entraver le cours de la procédure : la défense aurait beau jeu de dénoncer l'intrusion d'un voyant dans l'enquête. Or, nous ne désirons rien moins que discréditer l'accusation ou affaiblir un dossier.

Les policiers eux-mêmes hésitent à reconnaître ouvertement le rôle que nous jouons auprès d'eux, en raison de la controverse soulevée par la parapsychologie. Je comprends d'autant mieux leur point de vue que plusieurs membres de ma famille appartiennent aux forces de l'ordre et que j'ai eu maintes fois l'occasion de participer à des enquêtes criminelles.

La recherche d'une personne disparue s'avère, pour le médium, une rude épreuve, tant émotionnelle que physique. S'immiscer dans les pensées du ravisseur ou de sa victime implique une dépense d'énergie considérable. C'est, de surcroît, la porte ouverte à des expériences auxquelles le commun des mortels ne se trouve jamais confronté. Voilà pourquoi certains extralucides refusent de se mêler de ce genre d'enquêtes.

Je dois ajouter qu'il s'agit souvent d'une tâche ingrate, que nous prenons très à cœur : mon pouvoir de sonder l'esprit des criminels est un don que je refuse de gâcher. Néanmoins, je n'interviens que dans quelques affaires par an, pour ne pas m'épuiser totalement. (Je tiens au passage à signaler que jamais je n'ai exigé ni accepté la moindre rétribution pour ce type d'activité.)

Si je ne parviens pas à fournir aux enquêteurs de détails précis susceptibles de les faire avancer, je renonce à collaborer. Je travaille plus volontiers avec la police qu'auprès des proches d'une victime : je fais du profilage pour venir en aide aux gens, et toutes les vérités ne sont pas bonnes à dire.

Il m'a été donné à plusieurs reprises, en tant qu'avocate pour enfants, de m'entretenir avec les parents de jeunes disparus qui s'étaient d'abord tournés, en quête de secours, vers des médiums. Et, maintes fois, j'ai été consternée par ce que de tels rapaces avaient pu leur dire. Ces individus sans scrupules leur avaient donné d'abominables détails sur l'enlèvement de leur enfant, sans pour autant les mener vers lui, ni vers le ravisseur. Après quoi ils n'avaient pas hésité à facturer le chagrin qu'ils leur avaient causé.

De pareils agissements me scandalisent. Je ne décolère pas, moi qui consacre ma vie à crédibiliser le don que j'ai reçu.

J'espère qu'en prodiguant quelques conseils à l'intention des jeunes extralucides je réussirai à les empêcher de devenir de tels voyants, qui font du mal à leurs clients et nuisent à notre branche tout entière. Rien n'est plus cruel que la perte d'un être cher, d'un enfant en particulier. Si des précisions telles que « Elle a atrocement souffert » ou « Elle a réclamé sa mère en hurlant » s'avèrent utiles à une enquête – ce qui est peu probable –, faites-en part aux policiers, non à la famille de la victime. Ceux qui avivent la douleur des proches ne possèdent pas une once de morale professionnelle, de compassion ni de conscience.

Recherches au Texas

C'est en août 2000 que l'occasion m'a été donnée, pour la première fois à titre officiel, de collaborer avec les autorités du Texas dans une affaire de disparition. Cette enquête, dont les conséquences restent pour moi une source de fierté, occupera toujours une place à part dans mon esprit.

J'avais fourni à la police des détails concernant

l'homme qui avait kidnappé puis assassiné une petite fille ; ces informations n'avaient pas été rendues publiques. Les enquêteurs avaient été si stupéfaits par ce que je leur avais révélé qu'ils avaient souhaité me rencontrer.

Puisque, à la même période, je devais me rendre en Virginie pour une interview, j'ai fait en sorte de transiter par l'aéroport de Dallas, où un groupe d'imposants rangers est venu m'accueillir. Ils étaient grands, énergiques et courtois. Le sergent était mon préféré. Un Texan, un vrai de vrai, et sous ma plume c'est un compliment. Il m'amusait autant que je l'amusais.

Dans la voiture, il s'est tourné vers moi :

— Dites-moi quelque chose qui me concerne.

Il s'était exprimé sans animosité, je ne voyais donc aucun inconvénient à lui répondre.

— C'est un test, si je comprends bien ! Comme si je n'y avais pas déjà droit tous les jours.

Après un silence, je lui ai dit en souriant :

— Vous avez un gros souci au cœur ; vous devez faire attention à votre santé.

Sa pétulante collègue et lui ont éclaté de rire.

— Qu'est-ce qu'il y a de si drôle ?

— On vient de me faire un double pontage, m'a répondu le sergent.

Je lui ai alors conseillé de ne pas négliger les conseils que ses médecins lui avaient donnés. (Il m'a hélas appelée quelques mois plus tard pour m'annoncer qu'il venait de subir une autre crise cardiaque.)

Nous avons passé plusieurs heures à visiter les

divers lieux où le ravisseur prétendait avoir emmené la fillette. Comme il s'agissait d'un menteur invétéré, mon travail consistait à éliminer les zones où il n'avait pas mis les pieds. La plupart des tueurs en série préfèrent ainsi garder secret l'endroit où ils ont enterré leurs victimes, car ils savent pouvoir en tirer avantage face à la police et aux jurés. Soit dit en passant, les enquêteurs avaient déjà écarté d'eux-mêmes certains secteurs : ils essayaient simplement de me tester. J'ai donc, ce jour-là, arpenté des bois, enjambé des carcasses d'animaux. Je regrettais de ne pas avoir apporté mon arme ; on se serait cru dans un film d'horreur. Bien mieux équipés que moi, les rangers m'ont promis de m'éviter au moins les piqûres de tarentule...

J'ai découvert les barbelés que j'avais décrits. Je me trouvais non loin d'un point essentiel que j'avais repéré sur une carte avant de me rendre au Texas. Les renseignements que j'avais fournis aux policiers correspondaient avec ceux que les complices du meurtrier leur avaient révélés, et on m'a indiqué que j'avais donné une description fidèle du véhicule utilisé lors du rapt ; j'avais aussi vu juste en affirmant que le ravisseur avait ensuite changé de voiture. Je frémis toujours un peu de voir mes visions prendre corps.

La nuit est tombée et nous n'avions plus le temps de visiter les autres lieux. J'avais un avion à prendre le lendemain matin. Il me fallait abandonner les investigations. Mes chaussures de randonnée et moi reviendrions une autre fois. Je me sentais frustrée. J'avais cherché des preuves de la mort de la fillette, mais mes efforts étaient demeurés vains. Par une étrange coïncidence, la tempête tropicale Allison s'est abattue sur la région peu après : toute la zone a été inondée.

Les rangers et les policiers aux côtés desquels j'avais œuvré étaient des hommes et des femmes courageux et respectables, bouleversés par la tragédie vécue par cette enfant. Je suis partie dépitée, et j'ai interrogé mes guides : « Pourquoi ? Pourquoi m'avoir envoyée jusqu'ici si je n'étais pas censée la retrouver ? »

La réponse devait m'être donnée trois mois plus tard. De retour à Phoenix, je me suis rappelé que le sergent m'avait parlé d'un système baptisé « Amber », en hommage à Amber Hagerman, enlevée et assassinée en 1996. Il s'agit d'un dispositif d'alerte de la population déclenché dès que la police a établi qu'un kidnapping a eu lieu. Les radios locales et les chaînes de télévision interrompent leurs programmes pour diffuser la description du suspect, de son véhicule et de la petite victime, afin que quiconque puisse contribuer à sauver la vie de l'enfant s'il sait où il se trouve.

J'ai décidé d'écrire à des élus de la région pour leur proposer la mise en place de ce système à Phoenix. J'ai pris contact avec des associations régionales spécialisées dans la recherche de personnes disparues. En vain. Je me suis donc débrouillée sans elles. Un seul élu a donné suite à ma requête ; il ne m'en fallait pas davantage. On m'a alors demandé de rejoindre un détachement spécial de la police, afin de mettre sur pied le dispositif d'alerte. Je me suis sentie très honorée.

J'ai préféré garder l'anonymat jusqu'à la mise en place officielle du système : je ne voulais pas risquer de nuire à sa crédibilité. Entre-temps, un an avait passé et le dispositif n'avait toujours pas été présenté au public. Je commençais à m'impatienter. En mars, trois ans jour pour jour après le rapt de la petite Texane, on a enfin inauguré le système d'alerte dans le comté de Maricopa. C'était certes grâce à l'enlèvement de cette enfant que j'avais appris l'existence de l'Amber Alert, mais c'était aussi pour elle, je crois, que je m'étais démenée ainsi pour que son équivalent voie le jour à Phoenix.

Au terme de toute une série d'événements, j'avais enfin réussi à faire bénéficier ma ville natale de ce dispositif. Les enfants d'Arizona ont désormais une chance de réchapper à ce qui a coûté la vie à la fillette du Texas. Que le système d'alerte ait été officiellement mis en place le jour anniversaire de sa disparition ne relève pas, à mes yeux, de la simple coïncidence. Incontestablement, rien ne se produit jamais par hasard.

Deux mois plus tard, notre Amber Alert a permis de retrouver une enfant que son père, qui n'en avait pas la garde, avait enlevée. Quelque temps auparavant, il avait prononcé des paroles inquiétantes qui auraient pu être interprétées comme des menaces physiques. Un chauffeur routier ayant identifié la plaque minéralogique du véhicule de l'homme, trois heures ont suffi à récupérer la petite fille.

Des médias locaux m'ont demandé si on avait eu tort de déclencher l'alerte, dans la mesure où le ravisseur était l'un des deux parents. Du moment qu'un enfant, leur ai-je répondu, est peut-être en danger, peu importe qu'il ait été kidnappé par son père ou par sa mère. Les policiers se doivent de considérer ces affaires au cas par cas et, en l'occurrence, j'estime qu'ils ont fait ce qu'il fallait. Quelques jours plus tard, la fillette, saine et sauve, célébrait Thanksgiving avec sa mère.

Peu après, le dispositif d'alerte du comté de Maricopa a sauvé un bébé qui se trouvait sur le siège arrière d'une voiture au moment où des malfaiteurs en avaient extirpé les propriétaires pour la voler. Au final, grâce à ce système, de nombreux enfants ont pu revoir leur famille.

Le corps de la petite Texane a été découvert en janvier 2004. Certains des renseignements que j'avais fournis à la police ont d'une part été confirmés, et, de l'autre, j'ai pu démêler les éléments – indices matériels et lieux – que j'avais visiblement mal interprétés.

Par exemple, je n'avais cessé de voir en pensée de petits avions (mais pas des avions de ligne). J'aurais dû orienter les investigations du côté des aéroports ou des bases de l'US Air Force : on a découvert le corps à un peu plus d'un kilomètre d'une base de l'armée de l'air américaine. J'avais en outre répété à maintes reprises que l'enfant se trouvait près de terrains appartenant à l'État, et que je distinguais de grands parcs et des barbelés. Je voyais aussi le mot « *pueblo* » : le cadavre était enterré à proximité d'un chemin de randonnée appelé « Pueblo Trail », à proximité aussi de Timber Wolf Lane – le mot « *Timber* » m'était apparu plusieurs fois.

Mon activité n'étant pas une science exacte, il n'est pas toujours possible de confirmer ou d'infirmer une donnée. Mais la plupart des indices que je reçois s'avèrent utiles, à condition d'en faire bon usage. Au Texas, j'aurais ainsi pu permettre aux enquêteurs de resserrer leurs recherches sur un kilomètre carré. Cela peut paraître immense, mais c'est peu de chose comparé à la superficie d'un État tout entier. Il arrive que, dans le grand schéma universel, un profileur ne soit pas destiné à retrouver la victime d'un meurtre. Dans ce cas, c'est un autre qui découvrira le corps – un randonneur, par exemple.

Quoi qu'il en soit, ce n'est qu'en se frottant à la réalité que les médiums progressent et deviennent plus efficaces. Au cours des quatre années qui se sont écoulées depuis la disparition de cette fillette au Texas, mes talents se sont considérablement aiguisés, mais je n'oublierai jamais cette enfant dont les chuchotements ont, pour toujours, changé le cours de ma vie.

Elizabeth Smart

Les gens que j'ai eu l'occasion de croiser en 2002 voulaient tous savoir ce que je pensais de l'enlèvement d'Elizabeth Smart. L'issue de cette affaire tenant du miracle, je vais vous en révéler certains détails significatifs. Durant l'enquête, j'ai fourni ces renseignements à une excellente équipe de recherche qu'on avait envoyée dans l'Utah.

En juin 2002, Elizabeth Smart a été kidnappée au

domicile de ses parents. La tragédie a été évoquée dans tous les grands journaux télévisés d'Amérique. La nation entière avait les yeux rivés sur la famille Smart, tandis qu'elle tentait désespérément de retrouver son enfant. Nous étions les témoins d'un drame qui est aussi le pire cauchemar de tous les parents.

Comme tout le monde, j'ai vu la photo d'Elizabeth à la télévision, et j'ai eu envie de participer aux recherches. Mais tant qu'on ne me sollicite pas, je ne délivre jamais d'éléments concernant une affaire criminelle. Peu après l'enlèvement, mon amie Catherine m'a demandé d'établir, pour l'équipe de recherche à pied d'œuvre dans l'Utah, le profil psychologique du ravisseur. Tous les renseignements que j'ai alors fournis ont été consignés et peuvent être vérifiés.

J'ai d'abord associé à l'homme le prénom de Brian. Puis j'ai indiqué qu'il avait occupé chez les Smart un poste de gardien ou d'homme à tout faire. Il s'agissait selon moi d'un marginal, qui parvenait cependant à s'intégrer dans la société. Il changeait souvent d'apparence et je percevais en lui un lien puissant avec la Californie : soit il s'y était enfui, soit il en était originaire. Il avait à mon sens des penchants pédophiles, et peut-être était-il déjà passé à l'acte. J'ai également décrit une banlieue de la ville où Elizabeth avait été enlevée ; il y résidait ou bien y avait habité longtemps. Il s'agissait en tout cas d'un lieu important pour lui. Je savais en outre qu'il avait emmené Elizabeth dans une zone forestière, où dominaient les pins.

L'homme qu'on a finalement arrêté pour le rapt d'Elizabeth Smart s'appelait Brian David Mitchell. Il avait travaillé quelque temps chez les parents de la fillette comme gardien et homme à tout faire. Il était sans attaches, même si, dix ans plus tôt, il vivait encore en famille. Après avoir enlevé l'enfant, il l'avait conduite dans un camping planté d'arbres ; puis il était parti avec elle pour San Diego, en Californie. Et, aux dires de son ex-femme, Brian était pédophile.

Hélas, les policiers n'ont pas utilisé les renseignements que je leur avais confiés. Ils n'ont pu qu'en constater la justesse après qu'un observateur attentif, ayant reconnu Elizabeth dans la rue, a prévenu les autorités. Pourtant, s'ils les avaient aussitôt exploités, les enquêteurs auraient peut-être pu retrouver la fillette plus tôt.

Si les éléments d'information dont je dispose ne permettaient pas d'identifier plus rapidement un suspect, donc de mener plus vite la police jusqu'au disparu, je ne m'amuserais pas à faire du profilage. Le nom du criminel et ses rapports avec la victime sont des points capitaux, à condition que la police en tienne compte. J'espère qu'un jour le système judiciaire américain reconnaîtra la légitimité des médiums comme moi, afin que le résultat de nos visions soit communiqué aux services concernés immédiatement après qu'un enlèvement a eu lieu. Sinon, à quoi sert notre don ?

J'insiste : notre activité n'est pas une science exacte. Les profileurs restent des êtres humains, susceptibles à ce titre de commettre des erreurs, comme tout un chacun. Néanmoins, le profilage permet de venir en aide à certaines victimes, cela ne fait pas le moindre doute. Il faut que nos aptitudes entrent dans un cadre légal, car l'enjeu est de taille : c'est de vies à sauver qu'il est question.

Perdus dans le désert

J'ai reçu un beau jour un appel de Catherine, mon mentor, qui est aussi médium ; nous avons à plusieurs reprises animé ensemble des séances de groupe. Les amis de la sœur d'une des participantes s'étaient volatilisés. J'avais entendu parler de cette disparition quelques jours plus tôt, aux informations ; la plupart des médias locaux couvraient l'affaire.

On pensait alors que les trois disparus avaient dû être agressés par des voleurs de voiture, qui les avaient peut-être supprimés ensuite. Steve Cerqua, son épouse Kathy et la mère de cette dernière ne donnaient plus signe de vie. Leurs relevés bancaires faisaient état de divers retraits à des guichets automatiques, un témoin les avait vus faire leurs courses dans un magasin de la région. Mais depuis, plus rien. Lorsque Catherine m'a demandé de leur venir en aide, j'ai accepté.

Deux jours plus tard, des membres de leur famille m'ont téléphoné. Je leur ai d'abord demandé qui conduisait la Toyota Camry. Je savais bien que les Cerqua ne circulaient pas à bord d'un tel modèle lors de leur disparition, puisque les journalistes avaient donné, à la télévision, une description de leur véhicule, mais je voulais vérifier la pertinence du lien que j'avais établi. On m'a répondu que la fille du couple possédait une Camry, qu'elle garait souvent devant la maison de ses parents.

Je tenais donc la bonne personne. J'étais en train d'entrer en relation avec Steve Cerqua. J'ai annoncé à ses proches qu'ils ne devaient pas s'affoler car les trois disparus étaient vivants. J'ai ajouté qu'on les retrouverait sains et saufs dans les cinq jours.

La famille ne comprenait pas pourquoi Steve n'avait pas utilisé son téléphone portable pour contacter les siens. « Il ne pouvait pas s'en servir là où il se trouvait, ai-je répondu. Ça ne fonctionnait pas. »

Mais on voulait surtout savoir pourquoi le couple Cerqua et Sally Rosenwinkel avaient disparu. Selon moi, leur véhicule n'avait pas pu les mener jusqu'à la destination choisie par Steve. Il s'était embourbé. L'homme avait aussi eu le tort de s'en remettre trop aveuglément à son sens de l'orientation.

La fille des Cerqua souhaitait savoir si son père allait laisser sa mère et sa grand-mère seules pour aller chercher du secours. Je lui ai répondu que oui. Les proches des disparus étaient perplexes. Ils avaient du mal à croire que Steve ait pu abandonner sa femme. Je leur ai dit qu'il n'avait pas d'autre choix, qu'il devait agir ainsi pour sauver son épouse et sa belle-mère. Puis je leur ai grossièrement décrit l'endroit où ils se trouvaient – beaucoup plus loin que ce que tout le monde croyait : une aire de pique-nique aux abords d'un lac.

La fille des Cerqua conservait ainsi l'espoir que ses

parents étaient bel et bien vivants. Catherine a insisté pour que j'appelle l'inspecteur en charge de l'enquête et lui révèle le fruit de mes visions. J'ai accepté. Malheureusement, les policiers n'ayant pas eu l'air de prendre mes informations au sérieux, ils ont refusé mon aide.

Quatre jours après leur disparition, on a retrouvé Steve, Kathy et Sally, déshydratés mais en vie. Steve avait voulu prendre un raccourci et sa voiture s'était enlisée. Il n'avait pas pu utiliser son portable à cause des montagnes environnantes. Le quatrième jour, il avait fini par laisser son épouse et sa belle-mère seules pour tenter de gravir un sommet proche, depuis lequel il espérait capter un peu de réseau téléphonique. Son ascension avait duré plusieurs heures, mais il était parvenu à appeler les secours. L'hélicoptère d'une chaîne de télévision locale était venu récupérer les trois malheureux.

Quelques jours plus tard, Steve et Kathy se sont envolés pour Hawaii, où ils devaient célébrer leurs vingt-cinq ans de mariage. À leur retour, ils ont organisé une fête en l'honneur de tous ceux qui s'étaient démenés pour les sauver. Je n'étais pas libre ce jour-là, mais selon Catherine, qui s'y trouvait, ç'a été une très belle soirée. Les Cerqua ont confectionné un album contenant toutes les coupures de journaux relatives à leur disparition. Une page de l'album était réservée aux extralucides qui avaient travaillé sur l'affaire. Que peut-on rêver de mieux ?

Cette aventure sera toujours là pour me redire qu'il est tout à fait possible de revoir saines et sauves des personnes disparues. Si ma vie a un sens, c'est pour des histoires comme celle-là ! Et même si les renseignements dont je disposais n'ont pas contribué à les retrouver, ils ont au moins offert, durant leur absence, un grand réconfort à leurs proches. Chaque fois que j'ai besoin de me rappeler que, de temps à autre, les choses se terminent bien, je repense à cette affaire.

Dans la tête d'un autre

Le profileur ne se frotte pas exclusivement au mystère et aux meurtriers. Il arrive aussi qu'il ait à sonder l'esprit de gens qui en aucun cas ne sont en train de jouer leur vie. J'ai par exemple aidé une femme à mettre la main sur les quelques millions de dollars dont elle avait hérité. Je suis entrée en contact avec le défunt père de ma cliente, qui m'a révélé dans quel pays se trouvait l'argent qui devait revenir à sa fille. J'ai transmis l'information à cette dernière, ainsi que le nom de la personne à joindre sur place. Suivant mes instructions, elle a récupéré son magot.

Nombreux sont aussi ceux qui m'appellent pour tenter de savoir ce que l'un de leurs proches est en train de faire. Rien n'est plus embarrassant que de pénétrer dans les pensées de quelqu'un pour ensuite devoir annoncer à mon client que je viens de voir sa femme en compagnie d'un autre homme sur le parking d'un bar. La plupart du temps, le consultant m'appelle ensuite pour confirmer mes dires, ajoutant souvent que ce n'est pas la première fois que son épouse lui fait des infidélités.

Il arrive également qu'un homme s'imagine que sa femme a été enlevée, alors qu'elle l'a quitté. Ce genre d'appel de détresse a tendance à me déconcentrer, surtout quand je m'aperçois que la victime présumée n'en est pas une et que, de surcroît, son époux lui-même la soupçonnait d'être en goguette. J'aime autant qu'on me laisse en dehors de ces affaires.

Si je me glisse dans la tête d'un individu qui se trouve sous l'emprise de la drogue ou de l'alcool, j'en ressens personnellement les effets. De même, j'éprouve ses émotions. Mon travail est passionnant, car il me permet de pénétrer pour de bon dans les pensées des gens. Néanmoins, l'esprit des enfants qui ont subi un traumatisme violent me demeure en général inaccessible. Ils sont en général trop perturbés pour comprendre ce qui se passe vraiment. Pour obtenir des renseignements, mieux vaut que je m'introduise dans le cerveau du tueur.

Je participe quelquefois au recrutement des jurés dans des procès pour viol ou pour meurtre, afin d'aider l'accusation à obtenir le verdict qu'elle réclame. Mais je ne travaille qu'avec des représentants du ministère public que je connais bien. De plus, j'interviens exclusivement dans des affaires où la culpabilité de l'accusé ne fait aucun doute. Et je tiens à ce que mes visions se trouvent ensuite confirmées par des tests ADN. Je ne prends pas ma tâche à la légère.

On m'a déjà demandé si ce genre de méthode ne revenait pas à tricher face à la défense. D'une part, j'espère bien que si. D'autre part, j'opère un choix parmi un groupe de jurés éventuels déjà présélectionnés par notre système judiciaire. Mais les avocats tenteront toujours de discréditer les gens comme moi. Si je ne parviens pas à faire ce dont je me prétends capable, s'ils ont raison de dire que mes informations ne sont pas fiables, dans ce cas ils n'ont rien à craindre de moi. Et puis, c'est toujours à la partie plaignante que revient la décision finale.

C'est mon destin

Il est une affaire que j'ai prise plus à cœur que beaucoup d'autres : celle du meurtre d'un témoin, une femme qui s'apprêtait à déposer le lendemain devant la cour. Ses enfants se trouvaient dans la maison lorsque le meurtrier l'a assassinée de sang-froid.

Je suis mère moi-même, aussi me suis-je investie corps et âme dans cette bouleversante histoire. L'accusé n'avait aucun remords. Personne ne s'en est bien sûr aperçu, mais la victime a assisté à l'ensemble du procès. Le jour des plaidoiries finales, j'entrais dans la salle de tribunal en fouillant dans mon sac trop grand à la recherche de mon rouge à lèvres, lorsqu'une douce voix féminine a murmuré à mon oreille : « C'est mon petit garçon. » J'ai tourné la tête vers la gauche : la femme assassinée était assise à côté de moi, souriante. Levant les yeux, j'ai découvert un adolescent de dos. Le procureur s'est alors avancé vers moi pour me le présenter. C'était Neil, le fils de la victime. Nous avons échangé une poignée de main.

Neil était une victime, lui aussi, mais il n'en deviendrait pas moins un homme, en dépit du monstre qui lui avait pris sa mère. Une voix a résonné dans ma tête : « C'est pour lui que tu es là. C'est pour lui que tu te bats ! »

Ce jour-là, j'ai raccompagné le jeune homme chez lui en voiture. Il a ouvert son portefeuille pour me montrer, parmi d'autres photos de famille, un cliché représentant sa mère. Toutes ces images parlaient d'elles-mêmes.

Je lui ai donné mon numéro de téléphone, l'invitant à m'appeler s'il avait besoin de quoi que ce soit. Il m'a remerciée, puis nous nous sommes séparés. Il n'a jamais su mon rôle exact dans l'affaire. Ce n'était pas nécessaire. Il lui suffisait de savoir que j'avais aidé à résoudre l'enquête sur l'assassinat de sa mère et que son cas ne me laissait pas indifférente.

De son côté, le procureur général se faisait du souci : il avait fallu remplacer plusieurs jurés à la dernière minute. Je me suis rendue le samedi soir à une soirée organisée par ses soins. Elle était exténuée, elle voulait savoir quand le jury aurait fini de délibérer et quel serait son verdict.

« Ce sera tout ? ai-je rétorqué en pensée d'un ton sarcastique. Mardi, à 15 heures, lui ai-je finalement répondu, les jurés annonceront qu'ils le condamnent à mort. »

Elle m'a confié avec un sourire que mes prédictions la soulageaient un peu, mais qu'elle avait toujours l'estomac noué ; après tout, l'issue dépendait largement de ses compétences professionnelles.

L'affaire avait commencé à m'atteindre physiquement, si bien que, durant le week-end, j'ai pris froid.

Après ces journées de tension, j'ai baissé ma garde pour me livrer pieds et poings liés aux médicaments contre le rhume. Le mardi matin, j'ai jeté un œil hébété vers le réveil : 9 h 30 – les jurés étaient en train de délibérer. Je me sentais patraque, mais mon rhume n'y était pour rien. Sur mes épaules pesaient de tout leur poids les espoirs de l'accusation, de même que les attentes de la victime et de sa famille. Je désirais ardemment que justice soit faite, afin que ces enfants sachent combien le sort de leur mère comptait aux yeux de tous.

Je voulais aussi être sûre que ce meurtrier ne sortirait jamais de prison, car de nombreux éléments donnaient à penser qu'il récidiverait. J'ai eu, toute la matinée, la tête dans un étau. 15 heures : j'ai attrapé le téléphone pour appeler le procureur, espérant que le verdict avait été rendu.

Elle a aussitôt décroché. « On vient de me prévenir : les jurés regagnent la salle d'audience avec le verdict ! Il faut que j'y aille ; je vous rappelle quand c'est fini. Et pour information, Allison : le jury est revenu à 14 h 57. »

Nous avons raccroché. J'ai fixé la pendule puis fait un saut au supermarché, le cœur battant et la gorge serrée.

Une demi-heure plus tard, la sonnerie du téléphone a retenti. J'en ai presque bondi au plafond.

— Allô ?
— Chapeau, Allison.
— On a obtenu la peine de mort ?
— Oui.

Il fallait que je sache :

— Comment a réagi l'accusé à la lecture du verdict ?

— Ça l'a fait rire.

Tout se terminait au mieux. Mais je veux insister sur le fait que je n'ai pas obtenu seule de tels résultats. D'excellents policiers se sont impliqués dans l'affaire, relayés par des magistrats émérites. À quoi il convient d'ajouter le courage de ces jeunes enfants dans le cœur desquels leur mère vivra toujours.

Au terme de chaque affaire à laquelle j'ai participé, je songe : « Voilà, telle est ma vie. » D'aucuns me disent qu'ils ne pourraient jamais faire ce que je fais, quand bien même ils en auraient la capacité. Je comprends leur point de vue. Ma mission est immense, mais les circonstances étant ce qu'elles sont, je ne suis pas en mesure de faire autre chose.

5

Médiums en herbe

Ariel, ma fille de six ans, est un jour rentrée contrariée de l'école, parce que ses petits camarades n'avaient pas vu l'homme qui lui était apparu dans le hall de l'établissement, planté devant la porte de sa classe. Elle leur avait décrit l'individu, mais les enfants s'étaient moqués d'elle. Quand elle s'était retournée, il avait déjà disparu.

J'ai appris plus tard qu'Erin, sa meilleure amie, s'était alors penchée à son oreille : « Moi aussi, je le vois. » Je suis rassurée qu'Ariel ait auprès d'elle une fillette de son âge possédant le même don ; elle se sentira moins isolée. Elles discutent de leurs aptitudes, ainsi que de mes activités. Elles savent que tout le monde n'est pas capable de voir ce qu'elles voient, et que cela ne pose pour autant aucun problème. Elles sont heureuses d'avoir des « pouvoirs spéciaux ».

Je souhaite décrire quelques exercices auxquels je me livre avec mes filles pour éviter qu'en grandissant elles ne tournent le dos à leurs facultés. J'en ai fait moi-même l'expérience : dès qu'un jeune extralucide prend conscience de sa différence, il a tendance à ignorer ou repousser loin de lui son pouvoir de communiquer avec l'au-delà. Être la risée des autres parce qu'il ne leur ressemble pas, voilà bien la dernière chose dont un élève d'école primaire ait envie.

Lorsque mes filles auront grandi, elles choisiront de maintenir ou non le contact avec l'autre côté du réel. D'ici là, je m'efforce de garder ouvertes les voies qui se présentent à elles.

Si je me suis moi-même détournée de mes facultés parapsychiques étant petite, c'est parce que je me sentais perdue au milieu de ce que je voyais et de ce que j'entendais. Et puis, ma mère adoptait avec moi un comportement ambigu, qui me faisait craindre sans cesse de la décevoir. J'espère que ce chapitre aidera les parents à découvrir si leur enfant possède des dons de voyance et, si oui, à savoir comment agir.

Admettons que votre enfant vienne vous voir et vous dise : « Maman, il y a une dame, là-bas. » Vous regardez dans la direction qu'il vous indique et ne voyez rien. Que faire ? Tournez-vous vers votre fils ou votre fille et posez-lui des questions : « Comment est-elle ? Comment s'appelle-t-elle ? Est-ce qu'elle veut nous dire quelque chose ? »

De nombreux enfants ont des amis imaginaires et adorent inventer des histoires. Si c'est le cas du vôtre, vous n'aurez pas mal agi en l'écoutant et en jouant le jeu jusqu'au bout. Si, au contraire, l'incident se révèle moins anodin qu'il n'y paraît, vous aurez fait tout ce qu'il fallait pour le rassurer, lui signifier que tout va bien.

Peut-être allez-vous découvrir que, depuis l'au-delà, l'un de vos proches tente d'entrer en contact avec vous par l'intermédiaire de votre enfant. Pour permettre à ce dernier de se sentir à l'aise avec ce qu'il est en train de vivre, demandez-lui des détails concernant les êtres spirituels qu'il rencontre. Cela le poussera du même coup à poser diverses questions et à explorer ses capacités à communiquer avec cette réalité que les autres ne distinguent pas. En l'encourageant ainsi, vous dissiperez l'étrangeté associée à ce genre de phénomène. C'est extrêmement important. Les premières personnes vers lesquelles un enfant se tourne quand il a besoin de réconfort, d'approbation ou de conseils sont ses parents. C'est donc vous qui allez installer le climat dans lequel votre fils ou votre fille pourra aiguiser ses dons.

Les esprits ont plus de facilités à joindre les enfants que les adultes. Ceux-ci ont, en effet, accumulé au fil des années un certain nombre de problèmes et érigé des murs affectifs qu'une entité surnaturelle peut avoir du mal à franchir. Il arrive souvent qu'un esprit ait tenté, en vain, de souffler des messages à l'un de ses proches, ou de se montrer à lui.

Lorsque je songe que des êtres veillent sur mes filles, cela me fait chaud au cœur et me rassure. Certains d'entre vous se disent peut-être : « Je n'étais pas particulièrement proche de tante Emma, pourquoi s'adresse-t-elle à moi ? » Il se peut que tante Emma soit morte peu avant ou peu après votre naissance, ou alors, ayant été liée jadis à l'un de vos deux parents, c'est auprès de vous qu'elle a choisi de demeurer. Et c'est tout ce qui importe. Il nous faut admettre que certaines choses, parfois, nous dépassent. Contentez-vous d'éprouver l'amour et les liens qui vous unissent à l'autre, sans vous perdre dans les « pourquoi », car un jour, de toute façon, nous obtiendrons tous les réponses à nos questions.

Exercices pratiques

Je mets quelquefois ma fille aînée, en guise d'exercice, au défi de retrouver tel ou tel objet égaré dans la maison.

Joe, mon mari, avait perdu son rasoir électrique depuis quelques jours. En attendant de remettre la main dessus, il se contentait d'un jetable. Je me voyais déjà veuve : Joe allait finir par se couper et se vider de son sang. Nous supposions que c'était notre petite Marie, un an, qui s'était emparée du rasoir, puis l'avait abandonné dans un coin après avoir fini de jouer.

Une grippe me clouait au lit. J'ai appelé Ariel à la rescousse. J'avoue m'être d'abord comportée comme la plupart des mères : j'ai tenté, deux jours durant, de la soudoyer en lui promettant une rétribution financière si elle me révélait où se trouvait le rasoir. Tous ceux qui connaissent Ariel savent que le shopping est son péché mignon ; elle connaît donc parfaitement la valeur de l'argent. Et pourtant, aucun résultat. Elle ignorait, disait-elle, où était l'objet.

Au bout de quelques jours, j'ai opté pour une autre tactique. Un matin qu'Ariel se tenait à côté de mon lit, je lui ai dit :

— Ferme les yeux, inspire profondément, puis souffle. Il faut que je t'entende. Ça y est, tu as fait le vide dans ton esprit ? Tu es détendue ? Et maintenant, où se trouve le rasoir électrique de papa ? Quelle est la première chose qui te vienne en tête ?

— Il est dans un tiroir. Dans la chambre de Marie, je crois.

J'y suis allée, j'ai inspecté la commode. Le rasoir n'y était pas. Mais puisque Ariel l'avait vu dans un tiroir, j'ai eu l'idée d'examiner, dans l'entrée, celui du meuble le plus proche de la chambre. Bingo ! Le rasoir électrique de Joe. Sur ce, j'ai expliqué à ma fille que, même si l'objet ne se trouvait pas dans la chambre de sa sœur, il en était tout proche ; c'était un excellent résultat – d'autant plus que nous vivons dans une grande maison de deux étages.

Il est fréquent qu'un médium approche de son but sans l'atteindre tout à fait. Compte tenu de son âge et de son peu d'expérience, j'étais impressionnée par la précision du renseignement fourni par Ariel, et je le lui ai dit. En la félicitant de la sorte, j'ai aiguisé son intérêt pour les jeux paranormaux ; un point essentiel si on tient à empêcher un enfant de se détourner de ses dons.

Incitez vos enfants à faire confiance à leur première impression, ainsi qu'à la première information qu'ils ont reçue. Ils risquent, sinon, de déformer cette dernière en y mêlant des *a priori*. Ariel a pris l'exercice que je lui proposais comme un défi, et elle s'est beaucoup amusée. Dans le même temps, elle a affermi ses aptitudes psychiques. Or, le pouvoir de localiser des objets compte parmi les outils les plus utiles dont dispose un extralucide. Peu à peu, ma fille apprend à se fier aux indications qui lui parviennent et à se sentir suffisamment à l'aise avec sa différence pour en partager les effets avec moi.

Je répète souvent à Ariel de ne pas crier sur tous les toits qu'elle possède des dons médiumniques, car certaines personnes ne comprennent pas ce qu'elles ne voient pas. Je lui suggère aussi d'apprécier ses talents à leur juste valeur et de les respecter, car ils sont exceptionnels. Sachez, de même, encourager vos enfants sans les contraindre. Si vous constatez que ce genre d'exercice les indispose, renoncez-y.

Si votre enfant cherche à vous dire quelque chose, tenez-vous prêt à discuter librement avec lui, de quelque sujet qu'il s'agisse. Quoi qu'il en soit, n'abordez avec lui le thème de la voyance que si vous le sentez perturbé par des faits en rapport avec elle, ou bien s'il vous confie ouvertement une prémonition ou vous interroge sur l'au-delà. Il n'est pas question de déstabiliser les enfants dépourvus de réelles aptitudes parapsychiques.

Si vous notez chez votre fils ou votre fille des signes trop évidents pour être ignorés, tâchez de lui rapporter l'histoire d'un membre de votre famille doué de clairvoyance (je suis persuadée que le sixième sens est souvent une affaire de gènes). Parlez-lui des anges, ou de son grand-père qui est au ciel. L'enfant se confiera d'autant plus volontiers que vous vous serez vous-même franchement épanché.

N'assommez pas votre enfant en l'entraînant dans une discussion interminable, surtout si elle se réduit vite à un long monologue. Introduisez le sujet en douceur, voyez si l'enfant vous donne la réplique et, surtout, allez-y progressivement. S'il ne manifeste pas le moindre intérêt, abandonnez la partie. La conversation reprendra si et quand votre fils ou votre fille en aura envie.

Si le don de votre enfant l'effraie, il convient de prendre toutes les précautions nécessaires. Pour ma part, je demande à mes guides de contrôler l'énergie qui entoure mes filles et de tenir à distance les forces négatives. Expliquez à votre enfant qu'il a le pouvoir de congédier l'énergie qui l'aborde, s'il la juge inopportune. Tous les médiums, grands ou petits, peuvent user avec succès de cette technique. Il est important que les plus jeunes sachent que les esprits ne peuvent pas leur faire de mal.

Il arrive à ma fille aînée de me dire qu'elle se sent « submergée ». Je comprends ce qu'elle entend par là : de nombreux esprits s'affairent autour d'elle et elle perçoit la présence d'êtres que, parfois, elle ne peut pas voir. Par bonheur, moi, je peux les distinguer, car j'ai davantage d'expérience et je sais comment visualiser un esprit à volonté.

Je demande alors à Ariel de poser à la présence qu'elle discerne quelques questions élémentaires : « Qui êtes-vous ? », « Que voulez-vous ? » Si, une fois les réponses obtenues, elle ne se sent pas soulagée, je préviens l'esprit qu'il doit s'éloigner parce qu'il lui fait peur. J'explique aussi à ma fille que, pour chasser son angoisse, elle n'a qu'à s'imaginer drapée d'une grande et belle cape de lumière blanche dont elle tirera sa puissance. C'est parce qu'elle adore les vêtements que j'ai eu l'idée de cette image faite pour la réconforter. Je lui affirme que cette cape de lumière la protégera de ce qui la tourmente.

Quand elle évoque ses guides, Ariel les appelle ses « anges » (c'est un terme qui lui plaît). Ils veillent sur elle, et je me réjouis de constater que, grâce à eux, elle s'estime en sécurité. Il est primordial qu'un enfant se sente épanoui et en confiance.

Le malaise de ma fille peut aussi tenir au fait qu'elle est en train d'absorber trop d'énergie d'un coup. Je m'explique : les personnes sensibles – celles qui ont une perception empathique de leur environnement ou éprouvent l'énergie des gens qui les entourent – se retrouvent, de temps à autre, littéralement bombardées par toutes sortes d'énergies à la fois. Tout le monde peut faire ce type d'expérience. Chacun d'entre nous, ou presque, s'est déjà au moins une fois retrouvé en présence d'un être qui lui a paru aussitôt repoussant, non pas en raison de son apparence physique, mais à cause d'une chose impalpable qui émanait de lui.

À l'inverse, nous sommes attirés par des gens dont l'énergie nous semble accessible ou identique à la nôtre. Chacun possède sa propre énergie qui, au même titre que la personnalité, diffère d'un individu à l'autre. Et comme pour les traits de caractère, ce qui séduit celui-ci déplaît à celui-là. Si bien que, plus les personnes autour de nous sont nombreuses, plus nous détectons de variations d'énergie.

Or, les natures sensibles perçoivent tout avec davantage d'intensité que les autres. Imaginez qu'un être aussi égoïste qu'arrogant vienne vous importuner. Ajoutez-y un gêneur gloussant à la moindre remarque, puis un bavard impénitent qui, en plus, parle fort. Vous vous sentez mal à l'aise ? Eh bien, voilà ce qu'un médium endure parfois au contact de diverses énergies.

Et si vos sens s'avèrent particulièrement aiguisés, ces gens n'ont même pas besoin d'être auprès de vous pour que vous discerniez leur présence. C'est pourquoi vous devez établir des frontières intérieures et tâcher de demeurer dans l'environnement qui vous convient le mieux. Certains se moquent bien de voir leur espace vital envahi. Ce sont d'ailleurs souvent les mêmes qui ont tendance à empiéter sur celui des autres.

Je m'efforce, pour ma part, d'éviter les foules, les salles de concert bondées, ou les grands magasins le samedi après-midi. Le fardeau sensoriel est trop lourd pour mes épaules. Je préfère les lieux plus petits et plus calmes. Mon mari est ingénieur en aéronautique. Je ne déteste pas l'accompagner aux soirées d'entreprise, parce que les métiers techniques attirent en général des gens plutôt décontractés. En revanche, je ne supporte pas les matchs de football interuniversitaires. Entendons-nous bien : j'adore les jeunes. C'est juste que je suis trop sensible pour affronter un stade gorgé d'électricité et d'hormones adolescentes.

Un jour où, dans un parc d'attractions, Ariel s'est soudain sentie submergée, je nous ai déniché un petit coin tranquille où je me suis assise auprès d'elle pour la calmer. Nous avons parlé de ce qui lui arrivait. Ç'a été un beau moment de complicité mère-fille. Je comprenais parfaitement ce qu'elle ressentait.

Puisque nous avions déjà largement profité du parc, je lui ai proposé de rentrer nous détendre à l'hôtel.

Avant de partir, ma fille a insisté pour que nous visitions une très vieille demeure située dans l'enceinte du parc. Elle en avait tellement envie que j'ai accepté. Ariel est entrée d'un côté, moi de l'autre. Elle a soudain déboulé devant moi, tout sourire.

« Viens de mon côté ! Il se passe des tas de trucs ! »

Ariel et moi adorons les vieilles bâtisses. Nous aimons toutes deux observer les esprits qui les peuplent et comprendre l'époque à laquelle ils ont vécu. Dans notre famille, ces choses-là sont tout ce qu'il y a de plus naturel – nous ne nous ennuyons jamais. Je me sens fière et flattée de partager avec mes enfants leurs expériences paranormales et de les soutenir dans leurs périples.

Vous cherchez à savoir si votre enfant est médium ou si, du moins, il lui est arrivé d'entrer en contact avec l'au-delà ? Permettez-moi de vous indiquer quelques signes que j'ai moi-même traqués chez mes filles. Je sais de quelles expressions est susceptible d'user un voyant en herbe, de même que je connais les questions qu'il va certainement être amené à poser. Après tout, je suis passée par là.

Les critères que j'utilise pour juger des aptitudes parapsychiques d'un enfant sont les suivants :

1. Votre enfant vous a-t-il déjà fait remarquer qu'une pièce lui paraissait bondée quand bien même il ne s'y trouvait que peu de monde, ou bien vous semble-t-il facilement énervé dans certains environnements ?

Les enfants doués d'une extrême sensibilité sont

en effet susceptibles d'éprouver la présence d'énergie autour d'eux sans forcément parvenir à visualiser quoi que ce soit. Un extralucide ne voit pas toujours ce qui se passe et l'expérience peut s'avérer troublante si, dans le même temps, il entend, ressent, voire détecte des odeurs ou des saveurs en provenance de l'au-delà. C'est souvent le cas chez les jeunes spirites, qui n'ont pas encore donné la pleine mesure de leurs capacités.

2. Votre enfant préfère-t-il éviter de côtoyer les assemblées trop nombreuses sous prétexte qu'il se sent accablé par la foule ?

Car, à l'instar des adultes, les jeunes hypersensibles absorbent l'énergie des êtres qui les entourent, et si cette quantité d'énergie est excessive, elle peut littéralement surcharger leur système nerveux.

3. Arrive-t-il à votre fils ou à votre fille de vous dire qu'il ou elle a des apparitions ? Lui arrive-t-il de « voir des choses » ?

S'il, ou elle, est capable de vous fournir des détails concernant un parent ou un proche décédé avant sa naissance, la conclusion s'impose : cet enfant communique avec l'au-delà. Assurez-vous tout de même qu'il ne se contente pas de répéter des choses que vous auriez pu raconter à des tiers en sa présence. Vous devez être certain que l'enfant ne peut avoir obtenu ses informations autrement qu'à l'occasion d'un contact avec les esprits.

À l'âge de deux ans et demi, Ariel, qui s'était réveillée au beau milieu de la nuit, nous a appelés, Joe et moi, à son chevet. Une fois dans sa chambre, nous l'avons interrogée.

« Il y avait un monsieur dans ma chambre, et il m'a dit qu'il était un *jini*. » Joe a dressé l'oreille : « Tu veux dire un *génie* ? »

Je lui ai demandé s'il avait une idée concernant l'identité de ce visiteur nocturne. Joe m'a répondu que son père se qualifiait toujours de génie. Comme il était mort trois mois avant notre rencontre, je savais très peu de choses à son sujet. C'était une grosse tête, sorti du MIT[1] avec un diplôme d'ingénieur chimiste. Son caractère, en revanche, demeurait pour moi un mystère. Ariel n'avait donc aucun moyen de savoir en quels termes son grand-père parlait de lui. Joe s'est senti à la fois ému et amusé par le message qu'il venait de recevoir.

Ariel ne pouvait tenir son information que de son grand-père en personne, aussi avons-nous parlé toutes les deux de ce qui s'était passé. Faites-en autant avec vos enfants : ne niez pas l'éventualité de telles rencontres. Les plus jeunes sont dénués de toute inhibition ; ils n'ont pas encore dressé de remparts autour d'eux, ce qui les rend plus accessibles aux esprits.

4. Votre enfant est-il en mesure de décrire en détail ce qu'il voit ? Il doit pouvoir vous indiquer plusieurs caractéristiques physiques de l'individu qui lui apparaît, ainsi que des objets qui ont compté dans sa vie, peut-être même un nom. Ces éléments d'information, l'enfant doit les révéler spontanément, sans avoir besoin d'y réfléchir trop longtemps. Ma fille de six ans m'a par exemple rapporté un jour que mon

---

1. Massachusetts Institute of Technology *(N.d.T.)*.

arrière-grand-mère adorait sa salle de bains carrelée de rose, qu'elle décorait en outre de bouquets de roses. Il a fallu que j'appelle ma grand-mère Jenee pour l'interroger à ce sujet, car je n'avais que treize ans quand mamie Ruth nous a quittés. Jenee m'a confirmé que la salle de bains évoquée par ma fille était bien celle qui se trouvait dans la demeure où sa famille avait vécu durant plus d'un demi-siècle.

Quant à la première vision de ma fille cadette, j'y ai joué un rôle involontaire. Mon père était décédé huit mois plus tôt ; ma fille, elle, venait d'avoir quatre ans. Voilà qu'un jour elle a bondi sur mon lit pour me donner un dessin sur lequel elle avait représenté deux personnages.

— Qui est-ce, Marie ?
— C'est toi, maman ! Et papi Mike ! Vous dansez tous les deux.

J'étais extrêmement surprise.

— Mais, chérie, papi est mort.
— Non. Il est toujours ici, c'est lui qui me l'a dit. J'ai compris soudain – il m'était arrivé la même chose lorsque j'avais, à six ans, découvert grand-père Johnson dans ma chambre – qu'elle était persuadée que mon père était toujours en vie. Elle a raison, dans une certaine mesure, mais les enfants ne font pas la différence entre les esprits et les êtres de chair et d'os.

Quelque temps après, Marie s'est écriée tout à coup : « Tcha tcha tcha ! » De nouveau, j'étais stupéfaite. « Pourquoi dis-tu ça ? » Elle s'est alors mise à danser à travers la pièce en répétant : « À cause de papi Mike ! »

Évidemment. J'aurais tout de même dû faire le rapprochement : mon père disait tout le temps cela. J'ai beaucoup de chance d'avoir auprès de moi trois petites têtes blondes pour me rappeler sa présence. Cela dit, même si vos enfants ne sont pas médiums, vous pouvez, vous aussi, retrouver dans leurs traits et leur caractère des traces de vos chers disparus.

Un autre exemple : au cours de la semaine suivant le premier anniversaire de la mort de mon père, je me sentais complètement déprimée. Je ne voulais pas imposer mes états d'âme à mes enfants mais, dès que j'avais un moment libre, je me mettais à rêvasser en pensant à lui. Je tenais à garder pour moi ma mélancolie. J'étais assise à la table de la cuisine quand Bridgett, ma deuxième fille, est venue se glisser dans mon dos. Elle s'est penchée à mon oreille pour me révéler un secret : « Papi Mike m'a dit qu'il n'aimait pas te voir triste. Il m'a dit aussi de te dire qu'il t'aimait. »

J'étais suffoquée. Je n'avais pas évoqué mon père une seule fois durant cette période. Les paroles de Bridgett me sont allées droit au cœur. Au fond, chaque fois que l'une de mes filles entre en contact avec l'invisible, j'éprouve le réconfort que je tente d'apporter moi-même à mes clients.

5. Arrive-t-il à votre enfant de décrire des événements qui, quelque temps plus tard, se produisent réellement ? Peut-il deviner où se trouve une chose sans disposer du moindre indice ? L'aptitude à prédire l'avenir et à repérer des objets est le signe indéniable d'un don parapsychique. Marie fait cela souvent. Qui pourrait passer à côté de tels symptômes ?

Ariel en est capable, elle aussi. Un après-midi, Joe et moi nous apprêtions à partir pour Tucson. Tucson est situé à deux heures de route de chez nous et aucune de mes filles n'y avait jamais mis les pieds. Nous devions y dîner avec des amis. Avant notre départ, Ariel m'a montré le dessin qu'elle venait de faire.

Sur un tableau blanc effaçable, elle avait représenté avec son marqueur une grande fleur exotique pourvue de longs pétales très étroits, qu'elle avait baptisée « la fleur italienne ». Après l'avoir félicitée, Joe et moi sommes partis pour Tucson. Nous avons retrouvé nos amis chez l'organisateur de la soirée, puis gagné tous ensemble le restaurant italien où nous devions manger. En entrant, Joe et moi avons découvert sur l'un des murs un immense tableau figurant une fleur exotique munie de longs pétales très étroits. Nous nous sommes regardés, médusés. Cette fleur était identique à celle qu'Ariel avait dessinée un peu plus tôt. Et puis elle l'avait appelée « la fleur italienne » ; l'incident n'en était que plus chargé de sens. Même la longueur de la tige était similaire. Cela avait certes un petit côté inquiétant, mais j'adore ça.

Aux parents de très jeunes médiums, je vais à présent parler un peu de Bridgett, qui a quatre ans. Elle ne prédit rien, mais elle est capable de savoir où se trouve un objet sans avoir besoin de le voir. Bridgett n'a pas sa pareille pour localiser les choses cachées.

C'était les vacances. Nous étions tous debout au comptoir d'un restaurant, attendant de récupérer notre commande pour retourner manger en famille dans notre chambre d'hôtel. Le comptoir était plus haut que Bridgett d'une trentaine de centimètres. Ma fille a soudain tendu le bras en l'air en disant : « Maman, maman, je peux avoir un bonbon ? »

Aussitôt, trois femmes qui se tenaient derrière nous lui ont posé, gentiment quoique avec une pointe de surprise dans la voix, la question qui me brûlait les lèvres : comment diable avait-elle su que des bonbons se trouvaient sur le comptoir ? Sans leur répondre, Bridgett a regardé autour d'elle, s'est emparée d'une caisse à sa portée, puis elle a grimpé dessus après l'avoir poussée contre le comptoir. Jetant un œil par-dessus le rebord, elle a repéré l'assiette garnie de sucreries. Elle est alors descendue de sa caisse et, se tournant vers ces dames : « Il y a une assiette pleine de bonbons là-dessus. Vous la voyez ? »

J'ai examiné le comptoir. Il était constitué d'un matériau opaque, à travers lequel Bridgett n'aurait pu distinguer quoi que ce soit. Quand nous sommes sortis, je lui ai à mon tour demandé comment elle avait su qu'il y avait des bonbons sur le comptoir sans les voir : « Je n'en sais rien. Je le sais, c'est tout. »

Un mois avant cet incident, ma mère était venue chez nous garder les filles pendant que Joe et moi nous rendions au magasin de jouets pour acheter un cadeau d'anniversaire. Dans la boutique, j'ai fait une chose que je ne fais jamais d'habitude : j'ai acheté une sucette, que je comptais piquer ensuite sur le dessus du paquet-cadeau. À notre retour, à peine avais-je ouvert la portière de la voiture que Bridgett s'est ruée vers nous.

— Maman, donne-moi la sucette !

— Je ne t'ai pas acheté de sucette.
— Je sais qu'il y en a une dans la voiture.

Elle avait tout à fait raison, mais comment était-elle au courant ? Mon mari se trouvait encore dans l'auto, et personne d'autre n'était dans la confidence.

— Comment le sais-tu ?

Mais Bridgett n'avait pas le cœur aux devinettes ; elle voulait la sucette et n'en démordait pas.

— Je n'en sais rien. Je le sais, c'est tout.

Cette petite est un véritable détecteur de bonbons, de nourriture en général, et de boisson. On ne peut rien lui cacher. Des anecdotes comme celles que je viens de vous rapporter, j'en ai des dizaines.

Troubles de l'apprentissage ou dons de voyance ?

Je reçois énormément d'e-mails au sujet d'enfants souffrant de troubles du comportement ou de l'attention. C'est pourquoi il me semble nécessaire d'aborder ici la question. Il est arrivé, en effet, que des parents interprètent de façon erronée les symptômes qu'ils avaient décelés chez leur enfant, et en tirent de fausses conclusions. Il s'agit en l'occurrence d'un sujet très controversé, et les réponses ne sont pas toujours simples.

Les enfants présentant des troubles de l'attention sont facilement distraits, et leur système nerveux se trouve soumis à une hyperstimulation. Ils ont du mal à se concentrer sur ce qu'ils sont en train de faire, aussi leurs résultats scolaires en pâtissent-ils souvent.

Le cerveau de ces enfants-là tourne en surrégime. Cela ne signifie pas pour autant que les images mentales qui s'imposent à eux proviennent de l'au-delà. Il n'existe pas de réelle corrélation entre les pouvoirs parapsychiques et les troubles de l'attention ou les états dépressifs. Néanmoins, ces enfants « à problèmes » ne me semblent pas moins susceptibles que les autres de posséder des dons extralucides. Les parents ne doivent écarter aucune hypothèse ni tirer de conclusions hâtives.

Voici l'exemple d'un petit garçon qui évoquait fréquemment des cas de suicide. Sa famille en a aussitôt déduit que des personnes décédées tentaient de s'exprimer à travers lui. Mais, au vu de ce que les parents m'ont rapporté, il m'a semblé que cet enfant n'avait rien d'un médium. Mon instinct a fini par me pousser à leur demander quel était leur métier : il se trouve que la maman était standardiste dans la police.

Ceux qui exercent ce genre de profession doivent faire preuve d'une vigilance toute particulière à l'égard de ce que leur enfant leur raconte. Car il est possible que ce dernier ait simplement surpris une conversation. Pour un jeune extralucide, les contacts avec l'au-delà ne se limitent pas à l'évocation de décès survenus dans des circonstances sinistres. Il communique également avec des disparus qui comptaient parmi les proches de ses parents, c'est-à-dire avec des défunts dégageant une énergie positive. Cela n'exclut évidemment pas les événements terribles, mais un voyant en herbe ne perçoit pas que les tragédies.

Il se peut aussi que l'enfant souffre d'un déséquilibre chimique, de dépression ou d'anxiété ; il se peut encore, tout simplement, qu'il éprouve le besoin d'attirer l'attention. Je conseille donc vivement aux parents de commencer par faire examiner leur enfant par un médecin, afin qu'il élimine ou, au contraire, prenne en charge ces problèmes éventuels. Toutes les hypothèses doivent être envisagées.

6

Les médiums et l'adolescence

J'étais âgée de douze ans lorsque ma mère et mon beau-père ont divorcé. Mon univers s'en est trouvé totalement chamboulé. À cet âge, plus d'un enfant est instable, et une séparation ne fait qu'accroître son sentiment d'insécurité. Or, l'adolescence peut se révéler un cap plus difficile encore à franchir pour les médiums que pour les jeunes gens ordinaires.

Tous les adolescents, extralucides ou non, sont soumis aux caprices de leurs hormones. Chez ces hyperémotifs, le moindre incident prend des proportions insensées. Ajoutez à cela la conscience aiguisée du voyant, ainsi que son aptitude à entendre ce que les gens sont en train de penser de lui... Vous tenez là tous les ingrédients d'une situation de détresse.

Je dois avouer que, durant mon adolescence, je me suis mise à boire pour conserver un semblant d'équilibre psychologique. Ne vous méprenez pas : je ne prétends en aucun cas que l'alcool soit une échappatoire. Au contraire, j'avais fait le mauvais choix. Il aurait mieux valu pour moi que ma mère soit plus compréhensive ou que je trouve l'occasion de bavarder avec d'autres médiums. Si j'avais bénéficié d'un peu de soutien, mes jeunes années se seraient déroulées tout autrement.

L'alcool atténuait momentanément les voix qui me parvenaient de l'au-delà. Et puis, une bière à la main, personne ne se souciait de me voir rire en solitaire ou me parler à moi-même. Bien sûr, il ne s'agissait pas de vrais monologues ; je n'étais jamais vraiment seule.

Heureusement, j'ai tout de même daigné écouter mes guides, le soir où ils sont venus me souffler à l'oreille ce qui ressemblait d'abord à un banal conseil de décoration d'intérieur.

Je vivais alors chez mon amie Susie. J'avais dix-sept ans, elle dix-neuf. Nous nous connaissions depuis quinze ans : nous avions grandi dans la même rue. Elle était ma meilleure amie et toutes nos bêtises, nous les faisions ensemble. Petites, nous avions par exemple passé une matinée à peindre les trottoirs du voisinage pour, selon nous, rendre le monde plus beau. Quand nos mères avaient découvert nos travaux d'artistes, elles nous avaient obligées à les récurer à l'eau et au savon tout le reste de la journée. Susie et moi n'avions pas compris comment ces deux femmes avaient pu demeurer aveugles à la splendeur de nos œuvres.

Shari, la maman de Susie, a toujours été pour moi une seconde mère. Elle savait à l'époque ce que j'endurais à la maison. Je me sentais perdue et, en m'accueillant chez elle, elle m'a fait beaucoup de bien.

Ce jour-là, j'étais dans ma chambre, prête à sortir, lorsqu'une voix intime m'a commandé de déplacer mon lit, qui se trouvait contre le mur sud de la pièce, sous la fenêtre. Sans plus y réfléchir, je l'ai poussé contre la cloison orientée à l'est. Je dois avouer que je ne suis pas très douée en matière d'ameublement. En général, j'opte pour la disposition qui me convient le mieux, et l'affaire est entendue. Je me suis interrogée quelques instants sur mon geste, et puis j'ai filé.

Quelques heures plus tard, le week-end commençait. J'avais prévu, comme à l'accoutumée, de le passer à faire la fête. Mon amie Barb et moi avons rejoint une soirée organisée par des lycéens. Nous sommes rentrées vers une heure du matin, si épuisées que nous nous sommes écroulées sur mon lit pour nous endormir aussitôt.

J'ai été tirée du sommeil en pleine nuit par un vacarme épouvantable. Des phares aveuglants, des blocs de ciment en morceaux, l'avant d'un camion... tout ça au beau milieu de ma chambre! Les débris de mur avaient atterri sur mon lit et l'air de la pièce était saturé de poussière de ciment. J'ai secoué Barb pour la réveiller. Elle dormait si profondément que, malgré le raffut, elle n'avait pas bronché.

Je me suis levée : il y avait une femme à l'avant du camion, le visage en sang, tailladé, pareil à un puzzle. Elle tentait de passer la marche arrière pour faire reculer son engin. Il s'est avéré plus tard que la conductrice était complètement ivre (personne n'a été surpris de l'apprendre). Après s'être évanouie au volant, elle avait traversé trois voies de circulation, franchi un énorme séparateur central et défoncé la clôture du jardin. Elle avait terminé sa course dans le mur, puis dans la fenêtre de ma chambre.

Dans un premier temps, submergée par la colère, j'ai exigé que cette femme soit punie. Elle aurait pu me tuer, après tout ! Mais une fois apaisée, j'ai mesuré la chance que j'avais d'être encore en vie. Si je n'avais pas déplacé mon lit quelques heures avant l'accident, le camion nous aurait pulvérisées, Barb et moi. D'ailleurs, l'aile droite du véhicule n'avait manqué ma tête que d'une trentaine de centimètres. S'il était entré par un autre côté, je n'aurais pas eu la moindre chance.

Je savais qu'une instance supérieure avait déjà, au cours de mon enfance, contribué à me sauver la vie. J'étais protégée, cela ne faisait aucun doute. Et cette fois, comme lors de ma rencontre avec de probables ravisseurs à l'âge de onze ans, une voix s'était adressée à moi en termes clairs, et cette fois encore, je l'avais écoutée.

Nombreux sont ceux qui me consultent parce que leurs enfants ont des visions terrifiantes ou entendent en pensée des choses dont ils savent qu'elles n'émanent pas d'eux. Des parents compréhensifs, voilà tout ce dont ont besoin les adolescents qui font face à de tels phénomènes.

En premier lieu, prenez toujours au sérieux ce que vous rapporte votre fils ou votre fille. Accordez foi à ce qu'il voit, à ce qu'elle entend. C'est de cette manière qu'une confiance mutuelle s'instaure, condition essentielle à un dialogue ouvert et détendu. Demandez-lui ensuite de vous décrire le contenu de ses visions ou de vous répéter ce que les voix lui disent, afin d'en chercher ensemble la signification. Tâchez du même coup, en utilisant les conseils que je vous ai donnés auparavant, de vérifier si votre enfant possède bel et bien des facultés parapsychiques. Il ne s'agit surtout pas de confondre don de voyance et maladie mentale.

On m'a récemment parlé d'une jeune fille qui avait des visions et prédisait que des gens allaient être blessés ou tués. Ces visions étaient extrêmement précises et les incidents décrits par l'adolescente finissaient toujours par se produire. L'abondance de détails, ainsi que la justesse des prophéties attestent l'existence de pouvoirs réels. On ne saurait rêver signes plus évidents des aptitudes extralucides d'une jeune personne.

Il est un point sur lequel il convient en tout premier lieu d'insister auprès des enfants médiums : ce n'est pas à eux que revient la tâche de sauver le monde. Visualiser en pensée un événement catastrophique n'implique en aucun cas qu'on soit tenu d'en modifier l'issue. Il arrive que de tels drames ne soient pas faits pour être évités, car ils surviennent pour une raison qui nous demeure inconnue.

Cela ne signifie pas pour autant que nous, voyants, restions toujours impuissants et là, je m'adresse aux plus jeunes d'entre nous : rappelez-vous que la chance nous est parfois donnée d'influer sur le cours des choses afin de prolonger la vie d'un individu.

Imaginez que vous appreniez en songe que votre père va être victime d'un accident de voiture, qu'il sera vêtu ce jour-là d'une chemise rouge et portera à l'épaule son sac de golf. Le lendemain matin, il s'apprête à quitter la maison, son sac de golf à l'épaule et arborant une chemise rouge.

Arrêtez-le ! Racontez-lui votre rêve, puis proposez-lui de reporter sa sortie, voire d'abandonner sa partie de golf. On s'est visiblement arrangé, de l'autre côté de la réalité, pour vous offrir la possibilité de modifier le destin.

Si, en revanche, vous voyez en pensée un pont exploser au Tibet, on peut supposer que vous n'avez dans cet événement aucun rôle à jouer. Contentez-vous de demander à une puissance transcendante de veiller sur les malheureux qui traverseront le pont ce jour-là ; ils auront besoin d'énergie positive. N'intériorisez pas durablement ce genre de vision, vous risquez sinon de vous en rendre malade.

La plupart des jeunes médiums ne reçoivent pas l'attention dont ils devraient bénéficier auprès des autorités. Si un enfant a reçu une image mentale paraissant à ses parents suffisamment précise et importante, c'est donc à ces derniers de prendre contact avec la police pour expliquer que leur fils ou leur fille vient de « faire un rêve » (l'expression paraîtra moins suspecte que « avoir une vision »). Qu'il ou elle a été témoin de quelque chose et se sentirait soulagé si un enquêteur acceptait de vérifier l'information.

Après tout, de nombreux policiers sont eux-mêmes des parents et ne demandent pas mieux que d'œuvrer pour le bien-être des plus jeunes. Et puis, qui sait : les intuitions de votre enfant permettront peut-être de venir en aide à quelqu'un et, dans le cas contraire, il se sera au moins délesté d'un poids en transmettant à qui de droit les renseignements qui lui seront parvenus. Car les visions qu'on garde pour soi s'accumulent dans le système nerveux et finissent par devenir sources de stress. Il faut toujours encourager un jeune extralucide à s'exprimer.

Peut-être aurez-vous du mal à me croire, mais les médiums les plus chevronnés sont rarement pris au sérieux par les forces de l'ordre, même quand ils affirment détenir des indications concernant un meurtre ou une attaque terroriste. C'est que les policiers ont bien du mal à distinguer les gens sérieux de ceux qui risquent de leur faire perdre leur temps. Si personne n'entend ce que votre enfant a à dire, conseillez-lui de ne pas prendre cette indifférence à titre personnel. Cela arrive aux meilleurs d'entre nous. Nombre d'enquêteurs choisissent d'ignorer nos facultés paranormales.

Les adolescents doivent demander à leurs guides spirituels de ne pas les accabler de charges trop lourdes pour eux, car nous recevons parfois plus que nous ne pouvons en supporter. Dans ce cas, il nous faut prier nos guides de moins nous solliciter et d'alléger notre fardeau.

Mais revenons à la jeune fille aux prémonitions que j'évoquais plus haut. J'ai donné à ses parents le conseil suivant : tentez de savoir s'il y a moyen d'empêcher les agressions ou les meurtres qu'elle pressent. Sait-elle, par exemple, qui sont les individus qu'elle distingue dans ses visions ? Est-elle en mesure de connaître leur nom ou leur adresse ? Si oui, prévenez les policiers. Bien sûr, rien ne garantissait qu'ils tiendraient compte de l'appel, mais l'adolescente, elle, pourrait s'endormir tranquille avec le sentiment du devoir accompli.

Il va de soi que les médiums doivent faire preuve de prudence et ne divulguer les renseignements dont ils disposent que s'ils sont suffisamment précis. Il ne s'agit pas de s'en débarrasser dans l'unique dessein de se sentir mieux. Ce qui compte n'est pas notre intérêt personnel, mais celui de la personne à qui on se confie. Si, pour le tiers concerné, le mieux est encore de vous taire, demandez à vos guides qu'ils vous soulagent de ce tourment, notez au besoin votre vision dans votre journal intime et passez à autre chose.

Ne prenez contact avec les policiers que s'ils ont les moyens de vérifier vos dires, et seulement si votre intervention peut contribuer à prévenir un acte criminel ou à mettre la main sur un suspect. Si les détails dont vous disposez ne suffisent pas à établir la date du méfait ni à identifier l'individu impliqué, il est inutile d'en faire part aux forces de l'ordre.

Si vous importunez les enquêteurs à la moindre intuition, ils finiront par ne plus tenir compte de vos déclarations. Ils vous taxeront de détraqué et vous perdrez toute crédibilité à leurs yeux. Or, il est important de rester en bons termes avec la police, au cas où vous disposeriez un jour d'éléments à même de contribuer à résoudre une affaire.

Néanmoins, les médiums n'ont pas tous envie de participer aux enquêtes criminelles, et c'est très bien ainsi. Seuls les passionnés d'investigation médico-légale se sentent portés vers ces domaines. Pour y obtenir de bons résultats, il est cependant nécessaire d'affiner ses talents.

Il arrive, cela dit, que l'extralucide n'ait d'autre

choix que de mettre de côté les données dont il dispose et de demander à une instance supérieure de veiller sur celui ou celle qu'il a vu en songe. Après tout, nous ne sommes que des êtres humains.

Les jeunes médiums doivent apprendre à « gérer » leurs guides spirituels. Pour ma part, je demande aux miens d'empêcher les énergies négatives ou néfastes d'entrer en contact avec moi. Nos guides sont des êtres conciliants qui agissent au mieux de nos intérêts. Si vous avez des enfants, vous pouvez ainsi suggérer à vos propres guides de veiller sur eux ; c'est ce que je fais. J'ai donc la pleine assurance que mes filles sont accompagnées, aimées et protégées par mes guides autant que par les leurs.

Lorsque vous avez besoin de calme, efforcez-vous de vous représenter votre cœur, empli d'une lumière blanche irradiant dans votre corps jusqu'à l'emplir tout entier pour diffuser ensuite par tous les pores de votre peau. Cette lumière blanche est là pour veiller sur vous et vous apaiser. Il s'agit d'un exercice extrêmement bénéfique, que je pratique moi-même. Vous pouvez aussi vous représenter mentalement une personne décédée à laquelle vous vous sentez lié. Visualisez-la avec un seau à la main, dans lequel vous allez verser tous vos soucis ; l'esprit se chargera de les emporter loin de vous. Nos chers disparus ne demandent pas mieux que de nous libérer de nos angoisses. Ce second exercice renforce en outre le dialogue qui s'établit entre les vivants et les morts.

Les adolescents désireux de développer leurs facultés parapsychiques peuvent s'exercer sur des amis consentants ou des membres de leur famille, sans perdre de vue, néanmoins, que les messages qui leur parviendront ne seront pas tous très clairs. Il arrive en effet que celui ou celle qui consulte un voyant soit si surpris de voir surgir un sujet brûlant au cours de la séance qu'il choisira d'ignorer l'information. J'ai mis du temps à comprendre que si je levais un lièvre contre le gré de mon client, ce dernier avait tendance à me mentir en retour.

Au départ, l'expérience me paraissait très décourageante : j'étais certaine d'avoir raison, et voilà que celui ou celle que j'avais en face de moi réfutait mes affirmations. Or, je suis très exigeante envers moi-même. Mais après avoir, à plusieurs reprises, reçu confirmation par un tiers de l'exactitude de mes dires, j'ai enfin saisi ce qui se passait – parfois, au terme d'une consultation, le mari de ma cliente ou l'un de ses amis venait me souffler que j'avais vu juste.

Aujourd'hui, lorsque je suis sûre de moi, je ne me laisse plus déstabiliser et, si je prête l'oreille à celui ou celle qui me dément, c'est pour mieux percer ce qui se dissimule derrière les renseignements que je lui ai fournis. Après quoi, je chasse loin de moi toute espèce de doute. Je comprends tout à fait qu'on ne se sente pas prêt à révéler à un tiers certaines affaires intimes, mais si on a quelque chose à cacher, mieux vaut s'abstenir de consulter un médium.

Les images mentales qui nous parviennent nous obligent parfois à jouer aux devinettes avec l'au-delà, et il arrive que nous interprétions mal ce que nous percevons. C'est pourquoi il convient de décrire au client une vision dans son intégralité, de manière à lui transmettre le message au plus juste. Le voyant qui tente de rationaliser les données qu'il reçoit perd en efficacité. Il ne faut pas interférer avec l'information obtenue.

Je conseille aux jeunes extralucides d'éviter de se comparer à ceux que le cinéma leur montre. Durant mon adolescence, je doutais de posséder un vrai don, j'ai observé les voyants tels que les scénaristes les représentaient, en quête de similitudes. Je n'en ai trouvé aucune.

Mes facultés parapsychiques, je les ai découvertes et acceptées sur le tard, parce que je ne disposais pas de modèles autour de moi. Il faut pourtant que vous le sachiez : vous croisez chaque jour des messieurs en costume trois pièces, des diplômés de l'enseignement supérieur qui, tous, possèdent des aptitudes médiumniques. Les extralucides sont issus de tous les milieux : médecins, mères de famille, caissières, enseignants, agents de change, musiciens, enfants... qui ne se distinguent en rien du reste de la population et qui, pourtant, possèdent en commun la capacité d'entrer en contact avec les morts et de prévoir l'avenir.

Vous êtes un adolescent médium, mais vous ne souhaitez pas développer vos dons ? Vous en avez parfaitement le droit. Les esprits ne confieront jamais à quelqu'un plus qu'il n'en peut supporter. Rester insensible aux appels de l'au-delà exige un brin d'entraînement, mais la chose est faisable. Lorsqu'un individu prend la décision d'ignorer les messages qui lui parviennent, ces derniers perdent peu à peu de leur intensité, deviennent de moins en moins audibles. Cela ne signifie pas pour autant que cette personne ait perdu ses dons. Ses facultés sont intactes ; elles sont simplement en sommeil. Il arrive que celui ou celle qui tourne le dos à ses aptitudes parapsychiques ressente une sourde crispation, comme s'il manquait à sa vie quelque chose qu'il ou elle échoue à identifier.

La phrase la plus importante que je puisse dire aux enfants médiums du monde entier est une phrase qu'à leur âge j'ai longtemps rêvé d'entendre : « Je comprends ce que tu es en train de vivre, tu n'es pas seul et, un jour, tu saisiras la signification de tout cela. »

7

L'empathie

Je me suis souvent demandé pourquoi j'avais éprouvé un tel malaise physique lorsque l'esprit de mon arrière-grand-père m'était apparu en 1978. En grandissant, j'ai compris : cela ne tenait pas au fait que j'avais devant moi un homme dont l'inhumation avait eu lieu l'après-midi même. Non, cela venait du cancer qui l'avait emporté et dont je ressentais personnellement les effets. Les médiums qui me lisent savent de quoi je parle.

Si nous nous trouvons en contact avec des malades, nous éprouvons, en raison de notre hypersensibilité, les maux dont ils souffrent. En ce jour de 1978, mon arrière-grand-père venait de mourir et l'énergie du cancer qui l'avait vaincu parvenait jusqu'à moi. D'ailleurs, chaque fois que je communique avec un défunt dont le cancer a triomphé, je retrouve intacts les tourments endurés face à grand-père Johnson voilà vingt-six ans.

Au fil des années, j'ai appris à reconnaître ces symptômes et c'est ainsi que, souvent, je devine à quelle affection l'esprit avec lequel je suis en relation a succombé. Je décèle également la présence du cancer quand j'ai affaire à un survivant. Le fait de comprendre les circonstances entourant la mort d'une personne me permet de convaincre ses proches de la réalité de sa présence à mes côtés, et de les aider à mieux saisir les raisons de son départ.

Sans doute vous est-il déjà arrivé de vous sentir instantanément attiré par quelqu'un ou, à l'inverse, d'emblée repoussé par un autre, au point d'en avoir la chair de poule. C'est que certains êtres sont bons, d'autres mauvais ; nous nous situons, en majorité, quelque part entre ces deux extrêmes. Pour accorder ou non notre confiance au nouveau venu, nous nous fions en règle générale à notre première impression. Elle est toujours la plus juste. Alors, suivez votre instinct.

Les phénomènes parapsychiques ne sont pas exceptionnels. Parlant ici et là de pressentiment, ou d'intuition, la plupart des gens ont en effet régulièrement recours à ce « sixième sens » que, pour leur part, les juges, les médecins, les parents utilisent au quotidien.

Certains d'entre nous savent mieux que d'autres écouter leur instinct. Ils semblent bénis des dieux, tout paraît leur sourire. Cela tient, je crois, au fait qu'ils s'en remettent en général à leur flair, ce qui leur vaut d'opérer les bons choix et d'identifier les gens ou les choses à éviter.

Ceux qui, à l'inverse, refusent de s'abandonner à leur intuition mettent plus de temps à obtenir ce qu'ils souhaitent, et leur route est semée d'embûches. Parce qu'ils manquent de confiance en eux, ils refusent de croire en leur instinct. C'est une grossière erreur. La voix qui vous guide œuvre pour votre bien. Écoutez-la.

En prêtant une oreille attentive à leurs guides spirituels, certaines personnes parviennent ainsi à sauver la vie d'autres êtres humains. Je pense ici aux médecins et aux infirmières, qui usent de leur sixième sens et de leur pouvoir d'empathie pour soigner les malades et servir au mieux les intérêts de ces derniers. Il peut s'agir de soumettre à un examen tel patient atypique, de conseiller à tel autre de passer une nuit supplémentaire à l'hôpital, au cas où. Aucune cause logique ne vient motiver ces décisions ; elles découlent simplement d'une puissante intuition.

Il va de soi que la majorité des actes médicaux se fonde sur des faits solides et sur l'expérience du praticien. Loin de moi l'idée de nier l'importance de la formation théorique. Je dis seulement que des forces spirituelles viennent fréquemment seconder les médecins dans leur tâche.

Si vous travaillez dans le domaine de la santé, pensez à prendre un peu de temps pour vous recentrer sur vous-même. Lorsque vous quittez l'hôpital, débarrassez-vous des esprits terrestres qui le fréquentent. Les personnes qui s'éteignent dans d'atroces souffrances, celles qui succombent à un décès violent ou meurent subitement se retrouvent souvent en état de choc après leur trépas. Il arrive, dans les hôpitaux en particulier, que ces âmes errantes s'attachent à des êtres auprès desquels elles se sentent à leur aise. Certaines d'entre elles ne comprennent même pas que leur vie terrestre a cessé ; elles croient sincèrement passer un peu de temps avec leur médecin, leur infirmière ou l'un de leurs proches.

Même si vous ne pensez pas être ainsi environné de créatures spirituelles, il ne vous coûte rien de dire : « Dirigez-vous vers la lumière, vous retrouverez là-bas ceux que vous aimez, ils vous attendent. » De quoi éloigner de vous ces âmes errantes pour vous délester de leur poids.

Ne soyez pas non plus trop dur envers vous-même si, malgré tous vos efforts, l'un de vos patients finit tout de même par mourir. Je le redis : tout ne dépend pas de nous.

Dans la police aussi, on s'en remet à l'instinct et aux pressentiments. Et, au même titre que le personnel soignant, les enquêteurs ont du mal à opérer une coupure entre le bureau et la maison, car ils sont perpétuellement en contact avec des criminels et des entités néfastes. Si c'est votre cas, n'oubliez pas qu'à force d'absorber ces énergies négatives, vous risquez d'y laisser votre santé. Prenez donc un moment pour songer à des moments heureux, pour vous concentrer sur des choses positives.

Ces conseils valent bien sûr pour quiconque se laisse écraser par les pressions de la vie quotidienne. Il est important que tous ceux qui exercent un métier stressant – et parmi ceux-là j'inclus les mères de famille ! – prennent également soin d'eux.

8

Après le chagrin viendra la paix

C'est en mai 2000, alors que je me trouvais à Washington pour y donner une conférence, que j'ai vécu l'un des épisodes les plus mémorables de mon histoire avec l'au-delà. Fascinée par les nombreux monuments, je visitais les sites touristiques les plus célèbres de la ville. Passionnée depuis toujours par l'histoire des États-Unis, je tenais tout particulièrement à voir le Vietnam Veterans Memorial. Joe et moi y sommes allés ensemble.

Après avoir longé le mur de marbre noir du mémorial, nous nous sommes assis sur un banc d'où nous dominions le long bassin appelé « Reflecting Pool ». Là, j'ai eu une vision : deux soldats américains se tenaient au bord du plan d'eau ; l'un était à genoux, l'autre debout. Le premier ne se tenait pas à plus de six ou sept mètres de moi. Son fusil était posé sur le sol, à côté de lui.

Du doigt, j'ai désigné à mon mari l'endroit où se trouvait le soldat. Je commençais à lui décrire la scène quand l'homme s'est brusquement retourné vers moi : il avait compris que je parlais de lui. Après s'être approché de moi, il a vigoureusement agité la main devant mes yeux. Nous étions à quelques centimètres l'un de l'autre.

« Oui, je vous vois », lui ai-je dit.

Dès que j'ai eu prononcé ces quelques mots, celui que désormais j'appellerai Serge, car il était sergent, a entrepris de me raconter en images ce qui lui était arrivé au Vietnam – son histoire le hantait encore.

C'était comme s'il m'avait montré une vidéo amateur. Il y avait une hutte de chaume, dans laquelle se trouvait une femme. Serge, caché derrière un arbre ou un massif d'arbustes couronnant un petit talus, était en train de l'observer. C'était une Viêt-công. À cause d'elle, des soldats américains étaient tombés dans des embuscades et avaient été tués. Serge s'apprêtait à lancer une grenade dans la hutte afin d'en finir avec cette « ennemie ».

Serge était un soldat consciencieux. Il tenait à aider son pays à gagner la guerre, aussi se devait-il d'exécuter les ordres qu'il recevait. Pour lui, tuer un adversaire revenait à sauver la vie de ses camarades. Alors que, déjà, la grenade volait vers sa cible, un bébé s'est mis à pleurer. Sans doute l'enfant était-il celui de la Viêt-công. La hutte, la femme et le nourrisson... Tout venait d'exploser.

Serge était anéanti. Il faisait la guerre en bon Américain mais, pour lui, les enfants étaient sacrés. Jamais il ne pourrait se pardonner son acte. Dévasté par le chagrin, il s'est porté en première ligne au cours du combat suivant. Parce qu'il était responsable de la mort d'un petit être innocent, la vie lui était devenue insupportable. Alors, il avait songé que si son existence ne valait plus rien, au moins parviendrait-il peut-être à préserver celle de ses camarades, en l'échangeant contre la sienne. Et c'est ainsi que Serge s'était sacrifié.

Mes guides m'ont poussée à lui dire ce qu'il avait besoin d'entendre. J'ai levé les yeux vers lui en tâchant de reprendre contenance : « Je vous pardonne, nous vous pardonnons tous et nous savons bien que vous n'aviez pas l'intention de faire du mal au bébé. »

La figure juvénile de Serge, jusque-là déformée par la douleur, s'est tout à coup détendue, tandis que sa peau diffusait peu à peu une lueur dorée. J'étais parvenue à faire pour ce garçon ce qu'il n'avait pas été en mesure de faire pour lui-même : pardonner son geste. Serge m'a lancé un sourire avant de reculer. Au même instant, des silhouettes un peu vagues – membres de sa famille, amis, camarades de combat – qui, des années durant, avaient attendu le jeune homme, sont apparues pour l'emmener dans sa nouvelle demeure.

Serge était peut-être un soldat, mais c'était aussi un homme sensible que taraudaient de nombreuses questions sur le bien et le mal. Je n'ai pas rapporté cette anecdote pour que vous le jugiez ; il ne s'agit pas de débattre ici de la guerre ni du droit, dont on dispose ou non, d'ôter une vie humaine. Si j'ai raconté cette histoire, c'est pour que vous appreniez à vous pardonner vos propres erreurs, pour que vous compreniez qu'en mourant nous emportons avec nous nos regrets. Il n'est pas toujours aisé de pardonner, mais c'est là un geste essentiel.

Serge m'a ensuite appris son nom de famille et son

grade. Mon mari et moi l'avons cherché dans le registre du mémorial ; il s'y trouvait en effet. Et si vous vous posez la question : il n'a pas un nom répandu, du genre Smith ou Jones. Je ne vous révélerai pas ce patronyme, par respect pour les membres de sa famille encore vivants.

Toujours est-il qu'il me semblait important de rapporter ici l'histoire de Serge, à l'intention de tous ceux qui ont perdu un ou plusieurs proches à la guerre. Je tiens à ce que mes lecteurs sachent que, lorsqu'ils s'adressent à l'esprit de leurs chers disparus, ou lorsqu'ils visitent un monument érigé à la mémoire des combattants, ces derniers les voient et les entendent.

Ils sont nombreux, les jeunes soldats qui ont livré bataille, à devoir porter ensuite sur leurs épaules de pesants fardeaux. Il importe donc que nous nous rappelions que ces hommes ont payé un lourd tribut pour que notre nation reste libre et qu'ils ont agi par amour pour nous. Ma rencontre avec Serge compte parmi les expériences les plus stupéfiantes qu'il m'ait été donné de vivre et je suis heureuse d'avoir partagé ces quelques instants avec une aussi belle âme.

Les esprits des militaires qui demeurent aux abords du mémorial ne s'y trouvent pas forcément parce qu'ils se sentent coupables. C'est au contraire par fierté d'être morts pour leur patrie, et pour la sécurité de leurs familles, que la plupart d'entre eux restent là. Ces soldats de l'au-delà sont heureux de voir des visiteurs leur rendre hommage, et ils se réjouissent plus encore quand l'un de leurs camarades survivants se déplace jusqu'au mémorial. Certains peinent à croire qu'on ait pu ériger de tels monuments en leur honneur – ce sont des garçons modestes. J'ai ainsi vu beaucoup d'esprits se promener non loin du Vietnam Veterans Memorial, ou flâner sur les bords du bassin. Ils sont auprès de nous et continuent de partager avec nous quelques moments. Ma rencontre avec Serge, en cette chaude journée de mai, restera à jamais gravée dans ma mémoire.

J'avais d'abord eu l'intention de consacrer ce chapitre à cette seule expérience. Mais j'ai ensuite senti que je n'en avais pas terminé. Je m'en suis ouverte à Joe, ajoutant que j'allais attendre de voir quelle sorte d'événement pourrait bien me permettre de le clore.
Six mois plus tard, c'était le 11 septembre 2001. À bord de quatre avions de ligne, dont ils avaient pris le contrôle, dix-neuf pirates de l'air ravageaient notre pays. La nation tout entière versait des larmes en observant ceux qui tentaient désespérément de retrouver un de leurs proches à Ground Zero. Nos pleurs n'étaient pas des pleurs ordinaires. Nous formions un front uni et nous sanglotions sur le sort de parfaits inconnus. Notre chagrin collectif était immense, et immense l'étendue de nos pertes.
Je n'ai pas l'habitude de manifester mes émotions. Mes meilleurs amis me disent d'ailleurs qu'en ce sens je réagis comme un homme – pleurer me gêne, et je n'aime pas montrer mes sentiments dès lors qu'ils

sont intenses. J'éprouve des impressions très fortes à l'égard des autres, mais je préfère les garder pour moi.

Assise au bord du canapé, je fixais l'écran de télévision montrant les suites du désastre dont le Pentagone et le World Trade Center avaient été le théâtre. Je ne parvenais pas à concevoir qu'un groupe de terroristes ait pu tenter de tuer notre Président, ainsi que des milliers de civils. Lorsque, durant la relève de la garde à Buckingham Palace, l'hymne américain a retenti, mon cœur s'est gonflé de fierté. De la même façon, je me sentais émue par nos amis qui, à l'étranger, partageaient notre peine.

On me demande souvent si tous les êtres humains possèdent au fond d'eux une part de bonté. Ma réponse est non. Je pense en revanche qu'en chaque enfant se cache une bonté qui ne demande qu'à être révélée, à l'exception de quelques cas pathologiques.

Il n'en va pas de même avec les adultes, car il est possible, si on n'y prend pas garde, de perdre son âme quelque part entre l'enfance et la maturité.

Oussama Ben Laden me terrifie, parce que c'est un fou. Il serait vain de tenter seulement de raisonner avec lui. Il est issu d'un univers sans rapport avec le nôtre, un univers que nous ne sommes pas en mesure de comprendre. Cet homme aurait pourtant pu en faire, des choses, s'il avait mis tout son argent au service d'une juste cause.

Je tiens à dire à ceux qui ont perdu un proche dans ces lâches attentats que, à l'instant de leur mort, les malheureux n'étaient pas seuls. Leurs amis défunts, les membres décédés de leur famille, tous ont répondu à l'appel et les ont accueillis à l'heure dite. Depuis l'au-delà, des mères, des pères, des grands-parents sont venus, pleins de tendresse, chercher les victimes du 11 septembre pour les emmener au plus vite. Une instance supérieure est intervenue pour en sauver d'autres : ceux qui, ce jour-là, s'étaient réveillés en retard, ou se trouvaient au moment du drame coincés dans les embouteillages.

Pendant que je regardais s'effondrer les deux tours, j'ai eu une vision : une femme portait un blazer et une jupe. Elle se tenait recroquevillée contre un bureau. Elle était effrayée et priait, tandis que le bâtiment se disloquait autour d'elle. La colère est montée en moi : pourquoi fallait-il qu'elle périsse de cette manière ? C'est alors que j'ai vu descendre du plafond une douce et puissante lumière d'un blanc doré qui a pris peu à peu la forme d'une main à mesure qu'elle se rapprochait prestement de la pauvre femme. À ce geste bienveillant, cette dernière a compris qu'elle n'était plus seule ; ses craintes se sont évanouies.

Certains médiums s'abstiendraient de rapporter une telle apparition, car elle est teintée de religion. Personnellement, je n'en ai que faire ; la main que j'ai observée ne portait aucun signe religieux, la force en présence ne prêchait rien. C'était la main d'un dieu dont la seule intention était de manifester sa miséricorde. Cette même main avait protégé certains individus d'une mort assurée, elle avait à l'inverse emporté ceux dont l'heure avait sonné. Certes, nous ne comprenons pas pourquoi des gens vivent et pourquoi d'autres succombent, mais cela ne signifie pas que ces événements se produisent par hasard.

Comme des millions de téléspectateurs, je mourais d'envie de bondir à travers l'écran pour aider la police et les pompiers de New York à fouiller les décombres. Sous ces ruines reposaient nos frères et nos sœurs. Nous avons changé pour toujours. Les terroristes ont tenté de vaincre l'Amérique ; ils ont échoué. En revanche, ils ont réussi à unir notre nation plus qu'elle ne l'avait jamais été.

Que Dieu bénisse les courageux passagers et membres d'équipage du vol 93, qui ont lutté contre les pirates de l'air et sauvé par leur bravoure d'innombrables vies. Même si je deviens centenaire, leur vaillance continuera, jusqu'à mon dernier souffle, de m'émouvoir aux larmes. J'éprouve à leur égard un profond respect. Je salue nos pilotes, nos stewards et nos hôtesses de l'air, je salue les passagers, les pompiers, les policiers, et tous ceux qui ont péri ce jour-là. Je vous remercie de vous. Nous nous faisons tout petits devant votre héroïsme et les terribles épreuves qu'il vous a fallu endurer. Les mots nous manquent.

Les attaques terroristes du 11 septembre ont métamorphosé le visage de l'Amérique à maints égards. Dans certains cas, il s'est même agi d'un mal pour un bien. Ainsi, parmi tous ceux qui ont perdu leur emploi à la suite de la tragédie, beaucoup se demandent aujourd'hui s'ils ne feraient pas mieux de se tourner vers une activité dans laquelle ils s'épanouiraient davantage au niveau spirituel. C'est le cas de plusieurs membres de ma famille, et je suis ébahie de voir des gens qui avaient jusque-là poursuivi de brillantes carrières de cols blancs songer maintenant à devenir pompiers, pour combler le vide qu'ils sentent au fond de leur âme.

Après le 11 septembre, nombre d'Américains se sont posé ces questions : qu'est-ce qui compte vraiment dans la vie ? Comment lui donner un sens ? Depuis les attentats, la quête spirituelle a gagné en importance. Nos compatriotes ont compris que la chance leur était donnée de modifier le cours de leur existence. Car il n'est jamais trop tard. La pire chose qu'à mon sens on puisse faire de sa vie, c'est la laisser filer sans rien en faire.

Les enfants passent leur temps à rêver, un rien les amuse et les remplit de joie. Les adultes, eux, se laissent parfois submerger par les tracas quotidiens, au point d'en oublier que l'existence ne se résume pas à payer ses factures. Il nous arrive ainsi de perdre de vue que nous pouvons devenir celui ou celle que nous voulons être, et que l'âge ne doit en aucun cas constituer un obstacle.

Et si personne ne prenait le risque de changer le monde ? Si plus personne ne croyait en la joie ? Si tel était le cas, Disneyland n'existerait pas. Les émissions de télévision consacrées à la spiritualité et à l'épanouissement personnel n'existeraient pas. Voici le meilleur conseil que je puisse donner à ceux qui désirent se réaliser : prenez-vous en main, retournez-vous sur le chemin parcouru et dites-vous : « C'est moi qui ai accompli tout ça. » Et lorsqu'une bonne idée jaillit dans votre tête, ne la négligez pas. Prenez le risque de vous consacrer à ce qui vous importe vraiment, et soyez assez forts pour résister à ceux qui préfèrent dénigrer toutes vos initiatives.

Si je considère ma propre vie, je me sens pleinement épanouie ; j'ai une chance folle de faire ce que je fais. On me demande sans cesse : « Croyez-vous vraiment que l'être humain continue d'exister après la mort ? »

Je réponds toujours : « Bien sûr que oui. Je fais partie de cette poignée de gens à travers le monde qui en ont la certitude. »

De nombreux sceptiques viennent me dire qu'ils ne croient pas à la vie après la mort. Ils verront bien, lorsque leur tour viendra, que ce que j'affirme est vrai ! Peu m'importent les rebuffades, je les supporte de bon cœur, car c'est là un prix bien modique à payer pour la vie merveilleuse que je mène.

9

Ces petits détails qui comptent

J'ai souhaité consacrer ce chapitre à ces petites choses dont nous avons tendance à faire trop peu de cas dans le cours de notre existence. Autant de petits riens auxquels, pourtant, nous nous cramponnons plus qu'à tout le reste lorsque nous perdons un être cher. Souvent, ces détails touchants font pour nous le lien avec l'au-delà. Si je parviens à donner à mon client le nom d'un parent ou d'un ami décédé, il sera certes satisfait, mais ce sont les précisions d'ordre intime qui seront les plus à même de le convaincre qu'une communication a été pour de bon établie avec le défunt.

J'ai compris, après bien des consultations, que les petites choses sont essentielles, et ce qui paraît insignifiant à l'un s'avère inestimable pour l'autre et lui procure du réconfort. Les séances que je m'apprête à évoquer vont vous permettre d'entrevoir les sentiments éprouvés par certains de mes clients quand ils retrouvent l'un de leurs proches disparu. Chacune de ces consultations m'a émue et de chacune j'ai tiré des enseignements.

Parfois, les informations que je fournis à un

consultant lui semblent, de prime abord, totalement vides de sens. Mais quelques semaines après notre rencontre, il finit en général par me téléphoner ou m'envoyer un petit mot pour éclairer d'une anecdote survenue entre-temps ce qui lui avait d'abord semblé obscur.

Une séance peut aussi s'avérer tellement intense que le client a ensuite besoin de temps pour assimiler l'ensemble des informations engrangées. Je lui ai livré des prénoms, des deuxièmes prénoms, des noms de famille, des villes, des modèles de voiture, des plats préférés, que sais-je encore. Je me suis démenée pour lui offrir ce luxe d'indications et je m'aperçois, au final, qu'il accorde plus de prix à ce que j'aurais eu tendance à considérer comme de simples broutilles. Mes relations avec l'autre côté du réel m'ont appris que ces détails ont le pouvoir de venir à bout des sceptiques les plus endurcis.

Main dans la main avec l'au-delà

Un jour, j'ai reçu en consultation une adolescente de seize ans, jolie et pleine d'entrain, que j'appellerai Lisa. Elle venait de perdre sa meilleure amie – prénommons-la Kim – dans un terrible accident de voiture. Lisa avait besoin qu'on l'aide à faire son deuil. C'est alors que Kim s'est présentée à moi, me chargeant de transmettre à son amie plusieurs messages significatifs à ses yeux ; elle m'a, entre autres, parlé d'un flipper sur lequel elles avaient joué souvent, et d'un prétendu ami qui, en réalité, agissait contre les intérêts de Lisa.

Pour s'assurer de mes compétences, cette dernière m'a proposé une série de noms en me demandant quelques commentaires au sujet de ces personnes. Être mise à l'épreuve ne me dérange pas. Je préfère même que mon client me procure le moins de renseignements possible, afin que ce que je lui révèle en retour prenne, à ses yeux, davantage de poids. Et puis, j'adore relever les défis qu'on me lance, du moment que la démarche n'est pas agressive. J'ai livré à Lisa des informations exactes à partir des noms qu'elle m'avait soumis, mais Kim avait l'impression que son amie n'était pas encore pleinement persuadée. Elle m'a donc fourni de quoi retenir l'attention de la jeune fille. Je me suis tournée vers elle :

— Lisa, qui est le numéro onze ? On me montre un maillot de sport portant au dos le numéro onze.

— C'est moi, a répondu Lisa après un silence. Je suis le numéro onze de l'équipe de basket de mon lycée.

C'est ainsi que deux amies, qui ne s'étaient pas quittées jusqu'à ce que la mort les sépare, se trouvaient de nouveau réunies. J'ai expliqué à Lisa que ce détail m'avait été révélé par Kim afin de piquer son intérêt et la convaincre de prendre toute l'expérience au sérieux. Kim veillait toujours tendrement sur elle. Lisa n'éprouvait désormais plus le moindre doute : son amie était bel et bien présente cet après-midi-là, et toutes deux continuaient d'avancer main dans la main.

Les liens maternels

Nombre de mes clients me consultent après avoir perdu un de leurs deux parents. La mort d'un père ou d'une mère est une épreuve douloureuse. Soit on a eu la chance d'entretenir avec eux une relation privilégiée et, une fois partis, ils nous manquent, soit l'absence de liens, de leur vivant, fait qu'on ressent après leur décès le besoin d'un contact, afin d'entamer le travail de deuil.

Rick est un solide gaillard dont la bienveillance et la bonté m'ont immédiatement séduite. Il s'est présenté à moi tout à la fois souriant et plein d'hésitation, m'informant dès le début de l'entretien qu'il venait de perdre sa mère. Il avait beaucoup de mal à s'en remettre car, le jour de sa mort, il se trouvait dans le Nebraska – il était chauffeur routier.

— Votre mère est en train de me déclencher un mal de tête, lui ai-je dit. Et la douleur que j'éprouve se situe autant à l'intérieur de mon crâne qu'à sa surface. Vous savez pourquoi ? Peut-être a-t-elle succombé à une rupture d'anévrisme et, en tombant, a-t-elle heurté de la tête une table ou quelque chose dans ce genre ?

— Oui, elle a eu une attaque dans la salle de bains et, dans sa chute, elle s'est cogné la tête contre le lavabo.

— Elle ne veut pas qu'on fasse de reproches à son mari ; elle insiste sur le fait qu'il n'y est pour rien.

Rick m'a alors appris que plusieurs membres de sa famille avaient en effet mis son père en cause.

— Je vois une table de roulette. (Pourvu qu'il ne le

prenne pas mal, me disais-je. Car il arrive qu'au cours d'une consultation un client soit choqué par l'une des informations que je lui délivre – l'évocation d'une liaison, ou d'une passion immodérée pour le jeu –, tout particulièrement s'il s'agit de sa mère.) Comptait-elle se rendre à Las Vegas, ou bien y a-t-elle séjourné peu avant son décès ?

— Oui.

Rick était stupéfait.

Le jour de sa mort, sa mère revenait d'un voyage à Las Vegas. Elle avait posé sa valise dans la maison, avant d'aller jusqu'à sa salle de bains, où elle avait été terrassée par une attaque. Le père de Rick était alors au travail et, quand il était rentré, il s'était cru seul dans la maison. Il avait vérifié : la lumière de la chambre était éteinte, son épouse n'était pas dans le lit. Il était retourné à la cuisine grignoter un petit quelque chose, puis s'était installé devant la télévision en attendant le retour de sa femme. Il ignorait que celle-ci gisait sur le sol de la salle de bains, incapable d'appeler au secours.

Rick, lui, n'en était que plus tourmenté par le drame. Depuis l'au-delà, sa mère s'est efforcée, par mon intermédiaire, de dissiper tous les doutes, afin de délivrer ses proches de la culpabilité et de la frustration qui les accablaient.

— Rick, votre mère possédait-elle une table ronde sur laquelle se trouvait un compotier ?

— Oui, c'est moi qui l'ai récupérée.

— Eh bien, elle continue de venir s'y asseoir. Elle vient chaque jour, me dit-elle, pour passer un peu de temps avec vous.

Rick en avait les larmes aux yeux. Puis la défunte a évoqué une femme prénommée Susan ; elle voulait faire savoir à son fils qu'elles étaient ensemble. J'ai demandé à Rick de téléphoner à la mère de Susan – si elle était disposée à entendre parler de l'autre côté du réel – pour l'informer que sa fille allait bien et qu'elle se trouvait avec la mère du garçon.

Sur le moment, Rick n'a pas pleinement mesuré la portée de ce message ; du moins était-il heureux de voir évoquer le prénom de Susan. Au terme de notre séance, il m'a dit qu'il se sentait délivré d'un lourd fardeau.

Le lendemain, il m'a appelée : il avait pris contact avec la mère de Susan, qui vivait en Floride. Il lui avait raconté ce qui s'était passé la veille et donné des nouvelles de sa fille. Elle avait fondu en larmes, lui expliquant qu'elle avait pensé à Susan toute la semaine car le lendemain était le jour anniversaire de sa mort. Elle s'était adressée à elle parce qu'elle lui manquait terriblement, avec l'espoir que sa fille l'entendrait. Susan venait elle-même de répondre à cette question.

En lui téléphonant, Rick avait apporté à la mère de Susan la preuve que sa fille demeurait bel et bien auprès d'elle. La concomitance des dates ne devait rien au hasard.

Dans ce monde comme dans l'autre, Rick et sa maman, comme Susan et la sienne, demeurent en relation. Le lien qui unit une mère à son enfant ne se dénoue pas.

« J'y crois »

Lorsque je participe à une séance collective, je ne sais jamais ce qui m'attend. Parfois, les participants se découvrent tant de choses en commun qu'un thème général s'impose. À l'inverse, il m'arrive de temps à autre d'avoir affaire à un consultant qui n'est pas très sûr de savoir pourquoi il est venu. Invariablement, cet observateur se prend au jeu dès lors qu'un visiteur de l'au-delà insiste pour lui faire parvenir un message.

Je pense ainsi à George, un homme charmant aux mains impeccablement manucurées et à la chevelure poivre et sel. Le jour où j'ai fait sa connaissance, il m'a serré la main en me disant avec un sourire :

— Je vous préviens, je suis un sceptique.

— Et c'est très bien comme ça, lui ai-je répondu. Il faut tenter cette expérience en gardant l'esprit critique. Sans chercher à tout prix à ce que les informations reçues correspondent à vos attentes.

Il m'a assuré qu'il n'en ferait rien. Peu après, je lui ai annoncé que son grand-père se trouvait dans la pièce.

— Lequel ? m'a-t-il demandé.

— Votre grand-père est en train de me montrer New York. Soit il était de là-bas, soit cette ville a compté dans sa vie.

— Je ne crois pas, a répondu George après un moment de réflexion.

Je lui ai renouvelé mon premier conseil : ne rien précipiter.

« Attendez... Quand mon grand-père est arrivé aux États-Unis, il a débarqué à Ellis Island. »

Je lui ai alors décrit physiquement son aïeul, notant au passage qu'il adorait les bretelles. George était ravi de m'entendre mentionner ce détail. Avant la fin de la séance, je lui ai fourni d'autres renseignements sur son grand-père et le reste de sa famille.

« Tout ce que vous m'avez raconté est exact. Sauf pour les dames : mon grand-père ne jouait pas aux dames. »

Je lui ai expliqué que je me contentais de transmettre les éléments que je recevais. Peut-être allait-il falloir un peu de temps avant que ce point s'élucide. Deux semaines plus tard, la fiancée de George, qui l'avait accompagné à notre séance de groupe, m'a téléphoné : George et elle étaient en train de faire des courses, lorsqu'ils avaient découvert une vitrine dans laquelle trônait un damier.

George fixait le plateau. La jeune femme avait fini par lui demander à quoi il pensait. Son ami s'était tourné vers elle : « Mon grand-père m'emmenait au parc, quand j'étais petit et, une fois là-bas, il me donnait quinze cents pour que je le laisse tranquille pendant qu'il jouait aux dames. »

George était abasourdi : il avait totalement oublié ce souvenir d'enfance. Ce que je lui avais révélé au cours de la consultation ainsi que le damier exposé dans le magasin avaient rafraîchi sa mémoire. Son grand-père avait, sans nul doute, contribué lui aussi à réveiller ces moments. Il était parvenu du même coup à faire comprendre à son petit-fils qu'il avait été, était et serait à jamais auprès de lui. Quelque temps plus tard, George m'a envoyé une adorable carte sur laquelle il avait inscrit : « J'y crois. » Merci, George. Cela signifie davantage pour moi que vous ne l'imaginez.

Comme un conte de fées

Mes séances de groupe prennent quelquefois des allures de réunion de famille. Une splendide jeune femme prénommée Barbara s'est présentée un jour en compagnie de sa sœur Jen et de leur tante. Durant la consultation, le défunt grand-père de Barbara est entré en contact avec moi : il désirait à tout prix que je communique un certain nombre d'éléments à ses petites-filles. Il a évoqué pour elles les histoires qu'il leur racontait le soir avant qu'elles s'endorment.

« Il est en train de me dire qu'il vous lisait des contes de fées. Et il me montre un château, perché au sommet d'une colline, auquel on accède par une route en lacets. »

Les trois femmes étaient éberluées. Barbara m'a avoué qu'en venant elle avait justement songé à son grand-père et aux histoires qu'il lui lisait quand elle était enfant. Elle avait dit à sa tante, qui se trouvait avec elle dans la voiture, qu'elle espérait qu'au cours de la séance à venir il se manifesterait pour évoquer ces contes. Tout à leurs tendres souvenirs, les deux femmes avaient convenu que si cela se produisait, elles auraient la certitude que grand-père se trouvait bel et bien dans la pièce.

Jen, qui s'était rendue seule au rendez-vous, était la sceptique du trio, mais voilà qu'à son tour elle n'en croyait pas ses oreilles : au volant de sa voiture, elle avait demandé à son grand-père, s'il voulait la convaincre tout à l'heure de sa présence, de faire allusion, par mon intermédiaire, à l'un des contes qu'il lui lisait. Elle avait même mentionné *Cendrillon*. Jen était aux anges. Son aïeul était ici, elle en était persuadée. Les trois femmes savaient désormais qu'il se trouvait auprès d'elles et qu'il les avait écoutées tandis qu'elles se rendaient à notre rendez-vous.

Le lis de Pâques

Comme la plupart des gens, j'ai des amis avec lesquels j'aime sortir de temps à autre. Même si, le week-end, travail et plaisir finissent souvent par se confondre. C'était un samedi après-midi, le soleil brillait. Pour changer, j'avais déjeuné au restaurant avec quelques copines. Après quoi nous étions allées prendre un cocktail dans un bar. Cela m'arrive si rarement que je n'avais qu'une envie : me détendre au son de la musique qui s'échappait du juke-box. Stacey, ma meilleure amie, était en train de bavarder avec la barmaid, quand elle a soudain regagné notre table à la hâte.

— Il faut absolument que tu discutes avec cette malheureuse, Allison. Elle a vraiment besoin de tes lumières.

— Pas de problème. Dis-lui de venir.

Déjà, la barmaid nous avait rejointes.

— Salut, je m'appelle Kim. J'espère que je ne vous dérange pas.

Je lui ai assuré que non. Elle avait un souci de santé, que nous avons brièvement évoqué.

— Je me pose beaucoup de questions au sujet d'une de mes amies, a enchaîné Kim. Elle est décédée, mais j'espère qu'elle est toujours auprès de moi.

Je lui ai affirmé que c'était bien le cas.

— D'ailleurs, elle est en train de me montrer un lis de Pâques. C'est une référence au mois d'avril. Est-elle morte en avril ? Ou bien était-elle née ce mois-là ?

— Ma mère s'appelle April[1], m'a répondu Kim.

Son amie n'attirait donc pas notre attention sur un mois, mais sur un prénom. Elle m'a ensuite épelé le mot anglais pour « mai » : M-A-Y.

Kim s'est mise à rire.

— May, c'est mon deuxième prénom. On me l'a donné parce que c'est aussi celui de ma marraine.

Nous avons poursuivi quelques instants notre conversation. Après quoi Kim est retournée à son travail, apaisée.

Cet exemple vous permet de mieux comprendre à quel point il importe de dépeindre avec précision les images en provenance de l'au-delà. Si vous possédez des dons parapsychiques, n'oubliez pas : décrivez tout ce que vous voyez. Vous n'en serez que plus efficace auprès de votre client. Car les informations que nous recevons ne sont pas toujours ce que nous

1. « Avril » en anglais *(N.d.T.)*.

croyons qu'elles sont. Le consultant peut avoir son rôle à jouer dans ces « devinettes » que nous soumettent les esprits. Rappelez-vous que nous ne sommes que des messagers ; parfois, c'est la personne assise en face de nous qui, seule, peut éclairer le mystère.

Les âmes sœurs

Un dîner en compagnie de Joe et d'un couple de nos amis, Carol et Randy, m'a permis de donner une petite consultation informelle. Randy, mon sceptique préféré, s'est tout à coup tourné vers moi.

— Quel est mon chiffre porte-bonheur ? m'a-t-il lancé.

— Le six, ai-je rétorqué du tac au tac.

— Mais c'est qu'elle a raison ! C'est bien le six. Un jour, j'ai gagné au casino grâce au six. Depuis, c'est resté mon chiffre fétiche.

Mes amis m'ont proposé en riant de m'emmener avec eux à Las Vegas. Puis c'est Carol qui a tenté sa chance :

— Dis-moi, Allison, le jour où mon meilleur ami tombera amoureux, comment s'appellera l'élue de son cœur ?

— Ann.

Abasourdie, elle m'a raconté que Randy et elle venaient de présenter à leur meilleur ami une collègue de Carol prénommée... Anna.

J'ai appris plus tard que le premier rendez-vous avait été pour ces deux-là une réussite. À compter de ce jour, Randy a continué de me poser des questions, mais plus jamais il n'a mis en doute mes compétences.

En novembre 2002, Randy a succombé à une crise cardiaque. C'est maintenant depuis l'au-delà que mon sceptique préféré me donne de ses nouvelles.

L'étoile filante

Je suis toujours ravie de transmettre à mes clients certains signes émis par leurs chers disparus, afin qu'ils sachent que ces derniers se trouvent près d'eux. Je sais toute l'importance de ces signes, dans la mesure où il n'est pas donné à tout le monde de visualiser les esprits. Cela permet à leurs proches de s'assurer de leur présence réelle. Un jour, j'ai reçu en consultation la veuve d'un pilote qui avait trouvé la mort dans le crash de son avion. Quelques semaines plus tard, elle m'a envoyé sa belle-sœur. À deux reprises au cours de cette séance, il s'est produit un fait exceptionnel. Chris, la sœur du pilote disparu, m'a d'abord demandé si j'étais en mesure de deviner la question que son frère lui avait posé lors de leur ultime conversation.

« Il vous a demandé si vous acceptiez d'être la marraine de son enfant. »

D'un ton très calme, Chris m'a fait répéter ce que je venais de lui dire. Je me suis exécutée. Il s'agissait bel et bien de la dernière question que son frère lui avait posée. J'avais atteint le cœur de ma cible. (Mon travail au sein du Human Energy Systems Laboratory de l'université d'Arizona m'a appris à gérer aisément ce type de questions. Il arrive qu'en tentant de repousser nos propres limites nous obtenions des résultats qui dépassent nos attentes.)

Puis le pilote a fait savoir à sa sœur que, dès qu'elle verrait une étoile filante, cela signifierait qu'il se trouvait près d'elle.

Quelque temps plus tard, j'ai reçu un e-mail de Chris. Elle n'était pas encore revenue de sa surprise : quand j'avais évoqué l'étoile filante, m'a-t-elle expliqué, elle était d'abord restée perplexe. Elle n'en avait jamais vu de sa vie et se demandait bien quand diable cela pourrait se produire.

Mais, au moment de Thanksgiving, poursuivait-elle, tandis qu'elle jouait dans le salon avec sa filleule et nièce, celle-ci, qui tenait à la main une baguette magique munie d'une étoile à son extrémité, lui avait dit soudain, prête à lancer l'objet dans sa direction : « Regarde l'étoile filante, tata Chris ! »

Chris, aussitôt, s'était rappelé les paroles de son frère : « Dès que tu verras l'étoile filante, pense à moi et je serai là. »

Le symbole est d'autant plus fort que le défunt pilote a choisi, pour adresser son message, de le faire transiter par sa propre fille, c'est-à-dire une part de lui-même, une part que Chris peut serrer dans ses bras à sa guise. L'aviateur a donc, sa sœur en a aujourd'hui la certitude, passé ce Thanksgiving en famille et, toujours, il se tiendra près d'elle.

Prenez le temps, à votre tour, de songer à ces petits riens qui comptent tant pour vous. Lorsque vous pensez à ceux que vous aimez, que chérissezvous vraiment ? Si, parfois, vous éprouvez le besoin de vous convaincre à nouveau qu'il y a bel et bien une vie après la mort, relisez ce chapitre. L'existence est loin de se limiter à ce que nous en percevons en surface.

10

Mes dons et moi

On me demande sans cesse ce que cela me fait de voir des morts. Tout d'abord, je tiens à dire que la voyance est un véritable don du ciel. Il fait partie de moi et je n'y renoncerais pour rien au monde, même si j'en avais la possibilité. Je m'efforce également d'en plaisanter. J'ai un tee-shirt, que je porte parfois lors de mes séances de groupe, sur lequel est écrit : « Je vois des morts. » Mes clients apprécient mon sens de l'humour.

Cela dit, la voyance n'est pas une tâche facile. Elle présente ses avantages et ses inconvénients. Je déteste les clichés qui nous collent à la peau, et la manière dont la plupart des gens se représentent les extralucides : des folles aux cheveux crêpés, aux longs doigts crochus, occupées toute la journée à brûler de l'encens. Le fait de posséder des capacités parapsychiques tient autant de la bénédiction que du défi.

Imaginez que tout ce qui vous arrive se retrouve sous la lentille d'un microscope. La majorité d'entre vous ne saura jamais ce qu'on éprouve à se faire traiter d'antéchrist ou à être jugé avant même qu'on vous ait rencontré. Sans compter ceux qui estiment que les médiums devraient à chaque instant se tenir prêts à aider les autres ou à amuser la galerie.

Mais les extralucides, à l'instar de tout un chacun, n'ont pas toujours envie de parler boutique ni d'être sollicités lorsqu'ils sont de sortie. Nous aimons nous détendre, nous aimons être, dans un restaurant par exemple, des clients pareils à tous les autres. J'adore me retrouver au sein d'un groupe et m'y comporter comme tout le monde. Vous avez besoin de moi ? Rappelez plutôt lundi.

Quant à ma vocation, je me demandais bien, étant plus jeune, ce qu'il y avait dans tout cela de si extraordinaire pour me sentir pareillement poussée à la suivre. J'étais alors incapable de définir ce dont il s'agissait, mais je voyais quelque chose, je le sentais, je l'entendais. Depuis, j'ai lu que d'autres médiums avaient vécu durant leur enfance le même type d'expérience. Quelques personnes savent donc ce que j'éprouve, et cela me réconforte.

Avancer sans modèles

Mes parents ayant divorcé, je voyais mon père tous les samedis. Il passait me prendre à la maison pour m'emmener déjeuner, après quoi nous allions au cinéma. Nous passions ensemble de merveilleux moments, et j'ai dû voir ainsi tous les films sortis entre le milieu des années 1970 et la fin des années 1980. Les fantômes me passionnaient et j'aimais les films qui traitaient de l'au-delà.

Pas moyen, hélas, de m'identifier aux médiums qu'on y mettait en scène. Ils me paraissaient trop étranges, ou trop New Age (je n'ai rien contre les adeptes du New Age, mais je ne m'y reconnaissais pas). Personne ne me ressemblait. Existait-il beaucoup d'adolescents doués de facultés parapsychiques ? Ou bien était-ce comme le permis de conduire, fallait-il atteindre un certain âge pour y avoir droit ? Et puis, j'avais besoin d'en apprendre plus sur l'autre côté du réel.

Il était rare, dans les films, de croiser de jeunes extralucides. On y trouvait bien, de temps à autre, des enfants capables de voir un esprit, mais le scénariste n'en faisait pas des médiums pour autant. Leur expérience demeurait ponctuelle et, une fois l'âme en peine tirée d'affaire, les visions étaient censées disparaître. La rencontre avec des fantômes tenait davantage du hasard que du don paranormal.

Quand j'étais petite, mon film de genre favori était une œuvre des studios Disney évoquant une poupée en verre retrouvée dans un grenier, ainsi que l'esprit errant d'une fillette. Des enfants tentaient de lui apporter le repos en communiquant avec elle, afin de découvrir les circonstances exactes de son décès, survenu de nombreuses années plus tôt. Ils pouvaient entendre et voir la petite morte ; je me sentais dans mon élément.

Surtout, ces enfants étaient des enfants comme les autres, le réalisateur n'en avait fait ni des demeurés ni des fous. Ce film m'obsédait et me poussait d'autant plus aux contacts avec l'au-delà. Je multipliais ces expériences qui, plus tard, allaient devenir mon lot quotidien.

Je me suis sentie attirée, à la même époque, par l'étude du cerveau des criminels. Bien qu'il m'ait fallu attendre d'être adulte pour mieux comprendre ce qui m'était alors arrivé, je regardais à la télévision tout ce qui avait trait aux affaires de meurtre. Les informations que je recevais venaient combler les vides au sein des enquêtes : le visage de l'assassin, l'image de l'arme du crime, des noms, des lieux, un mobile... Plus tard, je me suis découvert un don pour le profilage criminel. Dans ce dessein, je pénètre l'esprit humain, c'est ma spécialité. Plus précisément, je suis capable de déterminer les motifs qui ont poussé le suspect à agir, les émotions qu'il éprouve ou, au contraire, son absence de sentiment, ainsi que les conséquences de ses pulsions.

Ma voie

Ceux qui s'imaginent que, une fois morts, nous ne servons plus guère que de garde-manger aux vers ont tôt fait de se moquer de l'Inconnu. Ceux qui ne croient pas à l'au-delà se dispensent de toute réflexion d'ordre spirituel, ne se remettent pas en cause et ne se soucient guère de la façon dont ils se comportent avec leurs semblables. Un jour que je participais à une émission de télévision, un imbécile dont je préfère taire le nom m'a interpellée :

— Moi, je crois aux esprits, mais ce qu'il y a de sûr, c'est que je ne les entends pas et que je ne peux pas leur parler !

— Parce que vous n'êtes pas médium, ai-je

rétorqué. Est-ce si difficile à comprendre ? Si nous étions tous en mesure de voir et d'entendre les esprits, cela signifierait que nous sommes tous extralucides. Je peux prendre toutes les leçons de chant que je veux, jamais je n'aurai la voix de Céline Dion. Tout est affaire de don. Je peux toujours me jeter à corps perdu dans des études de physique, je ne posséderai jamais le cerveau d'Albert Einstein. De même, malgré tous les efforts qu'ils peuvent déployer, la plupart des gens ne parviendront jamais à voir un esprit ni à s'entretenir avec lui. Nous sommes tous différents, et c'est d'ailleurs ce qui rend le monde aussi passionnant.

Pour vous aider à mieux comprendre les médiums, je vais à présent tordre le cou à quelques clichés qu'on entretient à notre propos. Il arrive par exemple qu'on nous juge froids et distants. En effet, durant une consultation, nous pouvons être amenés à faire taire nos sentiments pour être certains de transmettre à notre client, afin qu'il puisse entamer son deuil, l'intégralité des informations qui nous parviennent depuis l'au-delà. Je dois parfois lutter pour ne pas me faire happer par l'émotion engendrée lors d'une séance. Mais je sais que, si je me laisse submerger, c'en sera fini de ma concentration, et mon lien avec les esprits s'en trouvera amoindri d'autant.

Il arrive aussi qu'on nous taxe de suffisance. Lorsqu'un médium atteint un certain degré de précision, il sait qu'il vise juste et, dès lors, se sent en confiance. Puisque le monde entier passe son temps à nous dénigrer, nous apprenons vite, selon les circonstances, soit à défendre bec et ongles les éléments que nous avons recueillis, soit à nous taire. On a vite fait de qualifier d'arrogants les extralucides qui se montrent sûrs d'eux quand, en réalité, il leur a d'abord fallu se convaincre eux-mêmes de leur propre valeur pour trouver la force de persévérer dans leur voie.

Je m'adresse ici aux plus jeunes d'entre nous : fiez-vous aux informations que vous recevez, mais sachez rester humbles, sans jamais perdre de vue que votre client vous dévoile sa vie privée. Les voyants sont des messagers, pas des faiseurs de miracles. Notre seule ambition est de venir en aide aux autres et de les guider, en aucun cas de nous mettre en valeur.

Le réconfort, je le trouve auprès de ma famille, auprès des gens qui, grâce à moi, parviennent à faire le deuil d'un être cher, auprès de mes guides. Mon sens de l'humour m'est également d'un grand secours. Si vous possédez des facultés parapsychiques, mais que vous les gardez secrètes, permettez-moi de vous dire une chose : libre à vous de les renier, mais sachez que vous vous sentirez bien mieux en admettant leur réalité.

Il n'existe pas d'écoles dans lesquelles on peut apprendre à communiquer avec l'au-delà. La médiumnité n'est pas une licence qu'on achète, elle n'est pas une technique qu'on acquiert. C'est un talent inné. Chacun d'entre nous possède un don ; le mien me permet de m'entretenir avec les morts, et il me comble – les personnes décédées ne souffrent pas de tous les blocages qui entravent les vivants, à ce titre il me semble plus facile de communiquer avec elles.

Avant une consultation, je sais que les esprits sont rassemblés autour de moi lorsque, tout à coup, mes mains deviennent glacées. Il m'a fallu un peu de temps pour m'habituer à ce phénomène. Je pose alors mes mains sur Joe, qui les réchauffe (mon mari est doué pour des tas de choses !)

Un mentor, ou un médium dont vous vous sentez proche, peut s'avérer très utile. J'ai eu, pour ma part, la chance de rencontrer Catherine, voyante et astrologue de grande qualité. Elle est devenue mon professeur et m'a permis, en faisant voler en éclats la figure stéréotypée de l'extralucide, de me réconcilier avec mes facultés paranormales. Les voyantes ne sont pas toutes d'affreuses bonnes femmes adeptes de la cuisine bio, saisies de transes devant leur boule de cristal !

Nous sommes, pour la plupart, tout ce qu'il y a de plus normales. J'adore, par exemple, le soda Dr Pepper, j'en bois sans arrêt. Certaines personnes de mon entourage, plus soucieuses de spiritualité, m'affirment que cela altère mes aptitudes parapsychiques. Alors j'ai fait un test : j'ai avalé des litres et des litres de soda pour chasser loin de moi les esprits. Eh bien, je peux vous assurer que c'est sans le moindre effet sur moi.

J'aime aussi porter des tailleurs, manger des cochonneries, écouter de la musique et regarder des films d'horreur (parce que c'est de la pure fiction). Je ne passe pas mes journées à méditer. Certes, on peut tirer de la méditation d'immenses profits, mais je suis trop impatiente. Avant une consultation, je me contente de me recueillir quelques minutes en demandant à mes guides de me transmettre le plus clairement possible les informations en provenance de l'au-delà, et d'agir dans l'intérêt de mon client.

Il y a quelques années, j'ai travaillé comme stagiaire au bureau du procureur sur des affaires d'homicide. Je tentais alors d'ignorer mes dons pour suivre un chemin plus classique, où je ne serais pas obligée de me battre pour gagner le respect des autres. Mes facultés médiumniques, je les gardais secrètes. Je menais une existence parallèle. Mais ces aptitudes font partie de moi, je me dois de leur faire honneur. Mes guides, eux, s'efforçaient de me faire comprendre que cette voie n'était pas la mienne, que je ne deviendrais pas magistrate, mais je refusais de les écouter. Je me bouchais les oreilles et je fredonnais pour couvrir leurs voix.

J'ai franchi une à une les étapes et passé l'examen d'entrée à la faculté de droit. J'allais réussir, envers et contre tout ! Mais, six mois plus tard, les obstacles s'étaient multipliés, au point qu'il m'était désormais impossible d'en venir à bout. Je me suis confiée à Joe : « Je ne suis sans doute pas faite pour aller à la fac de droit. » Mon mari n'était pas étonné. Il s'était seulement demandé, m'a-t-il avoué, combien de temps il allait me falloir pour l'admettre.

J'ai fini par accepter l'idée que les procureurs extralucides ne sont pas des professionnels très sollicités. Pour ce qui est de la politique, il s'agit d'un domaine complexe ; et puis, je me fais remarquer trop facilement. Je me suis donc résolue à répondre à ma vocation en tentant de relever le plus de défis possible, afin de toujours éprouver mes limites.

Je ne suis pourtant qu'un être humain

Lorsqu'on est médium, les gens autour de nous s'imaginent que nous devons tout savoir, tout prévoir – c'est là l'un des inconvénients de notre activité. La plupart d'entre eux ignorent en quoi consiste le déchiffrement des énergies.

Si mon lave-vaisselle tombe en panne, on me lance : « Tu ne l'avais pas vu venir, celle-là ? » Si l'une de mes filles fait une chute, j'entends : « Pourquoi ne l'avais-tu pas prévu ? Tu es médium, non ? »

D'une part, l'attention portée aux signes de l'au-delà exige parfois beaucoup d'énergie, aussi n'y prenons-nous pas toujours garde. Nous avons notre vie, et nous ne sommes au fond que des êtres humains. D'autre part, un extralucide ne voit pas tout. Nous possédons certes un sixième sens mais, à l'instar des cinq autres, ce sixième sens est faillible.

Les médiums, comme le reste de l'humanité, sont soumis aux caprices de leurs perceptions. Il arrive que nos yeux nous jouent des tours : qui n'a jamais cru reconnaître quelqu'un pour se rendre compte ensuite qu'il y avait eu erreur sur la personne ? De même, nous comprenons quelquefois de travers ce qu'un interlocuteur nous dit. Ou bien, persuadés d'avoir entendu appeler notre nom, nous nous rendons compte que ce ne sont que des voix s'échappant de la télévision à l'étage au-dessous. Ou encore, nous sommes incapables de nous rappeler où nous avons rangé un objet. Il arrive que nos sens nous trompent. Nous confondons des odeurs, pensons à tort identifier tel ou tel ingrédient dans un plat. Le sixième sens n'échappe pas à la règle. Un jour, j'ai eu la vision d'une de mes clientes posant près d'un panneau « À vendre ». Je lui ai donc demandé si elle comptait vendre sa maison. Elle m'a répondu que non. Pourtant, l'image mentale persistait. « Envisagez-vous de devenir agent immobilier ? » ai-je fini par lui demander. Cette fois, j'avais mis dans le mille. « On me fait comprendre que c'est en effet la voie que vous devez suivre. »

Lorsqu'une vision se répète, cela signifie que l'autre côté du réel tient à vous faire mettre le doigt sur une chose importante. Ma cliente, telle que je la découvrais en pensée, semblait heureuse et financièrement à l'aise ; c'était pour moi la preuve qu'elle allait réussir. Quand on s'efforce de décrypter une vision, il convient d'être prudent, et ce n'est qu'en multipliant les tentatives, ainsi que les erreurs, qu'un médium peut progresser. Il faut avoir éprouvé au moins une fois les impressions qu'une personne ayant succombé à une crise cardiaque nous transmet pour pouvoir reconnaître ces symptômes lors de consultations ultérieures. Un voyant se doit d'expérimenter les sensations associées à diverses causes de décès, de même qu'une large gamme d'émotions, pour disposer ensuite des repères nécessaires à une bonne interprétation des signes émis par l'au-delà. Seule la pratique importe.

Une jeune femme d'une vingtaine d'années s'est un jour adressée à moi pour s'enquérir de sa santé. Après l'avoir observée, il m'a semblé détecter chez elle une affection des muscles et des articulations. L'extrême faiblesse que je sentais dans ses mains me donnait à penser qu'elle souffrait d'un syndrome du canal carpien. J'ai ajouté que des douleurs plus vives finiraient par apparaître, mais pas dans l'immédiat. Ma cliente m'a révélé qu'elle était en fait atteinte de sclérose en plaques et qu'en effet elle se trouvait en phase de rémission.

N'ayant, à l'époque, jamais rencontré de patient touché par cette maladie, je ne connaissais pas les sensations qui lui étaient associées. Même si j'avais identifié les symptômes, je n'avais donc pas pu en déterminer la cause exacte. Je savais seulement qu'à ce moment-là l'état de santé de la jeune femme était à peu près satisfaisant, et qu'elle avait encore du temps avant que sa situation ne se dégrade. Depuis, je suis capable de discerner la sclérose en plaques. C'est l'expérience qui permet au médium d'améliorer ses capacités d'interprétation.

Parfois, une information nous parvient sans que nous ayons besoin de nous concentrer. Nous *savons*, c'est tout. Ou alors, un esprit s'acharne à requérir notre attention. Il m'arrive ainsi d'entendre une voix hurler un nom à mon oreille jusqu'à ce que je transmette son message ; une âme en peine fait fi des convenances. Tout dépend de la précision et de la puissance manifestées par l'énergie qui s'exprime, de notre capacité à recevoir les renseignements qu'elle tente de nous délivrer, ainsi que de la bonne volonté de la personne à qui ces informations sont destinées.

Cette dernière peut en effet s'acharner à attendre depuis l'au-delà un mot en particulier. Dans ce cas, rien n'y fait : malgré l'exactitude des données que nous lui fournissons, le client est déçu.

Il faut tâcher de se mettre à la place du défunt. Imaginez que vous ayez attendu dix ans avant de pouvoir communiquer avec un être cher. Soudain, vous ne disposez que de trente petites minutes pour lui dire tout ce que vous avez à lui dire. Vous souhaitez de toutes vos forces combler le vide que votre départ a laissé dans son cœur et lui faire comprendre que vous demeurez à ses côtés. Peut-être n'aurez-vous pas de seconde chance. C'est maintenant qu'il vous faut exprimer vos émotions. Quelle est la chose la plus importante à lui faire savoir ? Que vous l'aimez ? Que vous êtes navré ? Allez-vous me révéler son nom pour que je le lui répète ? Le nom de ses proches ? Allez-vous évoquer des souvenirs communs ? Des objets possédant, à vos yeux comme aux siens, une valeur sentimentale ?

En tout cas, il n'est plus temps pour vous de jouer aux mots de passe ; vous ne désirez qu'une chose : laisser parler vos sentiments : l'amour, le bonheur, le regret... Si vous tous, qui me lisez, avez la chance d'entrer en contact avec l'un de vos chers disparus, écoutez ce qu'il a à vous dire. Oubliez vos idées préconçues.

Médium : un mot grossier ?

J'ai participé un jour à une émission télévisée au cours de laquelle on a fait voter les spectateurs pour déterminer s'ils croyaient ou non les médiums capables de parler aux morts. Le présentateur a formulé ainsi sa question : « Qui, parmi vous, estime que les médiums sont des imposteurs ? Qui, au contraire, s'est laissé abuser ? »

J'étais atterrée. L'intitulé de la question était formulé de telle façon qu'il influençait le public. J'attendais patiemment de mener la consultation qui serait enregistrée durant l'émission, quand les cadreurs ont commencé à dénigrer le thème abordé. Ils poussaient des hululements de fantômes et des rires hystériques. Je me suis isolée mentalement en me répétant que je me moquais complètement de la séance à venir.

De toute façon, ma cliente du jour était une sceptique rigoureusement fermée à toutes les émotions. Elle semblait n'être venue là que pour tenter de me discréditer. Depuis l'au-delà, son défunt père m'a livré le nom de deux membres de sa famille. Mais, comme elle les connaissait à peine, mes informations l'ont laissée de marbre. Ces deux personnes avaient en revanche beaucoup compté pour son père, mais elle n'a pas jugé bon d'en tenir compte. J'ai ensuite évoqué un objet en rapport direct avec la mort de ce dernier, mais c'est alors qu'on nous a annoncé que la consultation était terminée.

J'étais soulagée. Je n'avais dormi que trois heures et demie la nuit précédente, parce que mon avion décollait à cinq heures du matin. Je n'avais qu'une envie : faire un petit somme.

Chaque fois que le mot « médium » a été prononcé au cours de cette émission, des ricanements et des paroles dédaigneuses ont fusé, comme s'il s'agissait d'un mot grossier. Celui qui s'avisait d'avouer qu'il croyait aux phénomènes paranormaux était tourné en ridicule et aussitôt descendu en flammes. Hélas, de telles réactions ne se limitent pas au plateau d'un *talk-show,* et c'est en partie la faute de certaines crapules, qui se prétendent voyants pour escroquer leurs victimes. On trouve des gens malhonnêtes dans toutes les professions. Si vous souhaitez consulter un médium, demandez conseil à un ami qui connaît quelqu'un de sérieux, ou exigez des références.

Je n'ai guère apprécié, au cours de cette émission, d'être la risée d'une poignée d'inconnus. Mais, au fond, l'expérience m'a été profitable : j'ai compris que je ne devais plus laisser les railleurs me détourner de ma voie. Après tout, personne ne peut briser un plafond de verre sans se couper...

Les sceptiques

En général, quand un sceptique entend le mot « médium », il se met immédiatement sur la défensive. Car ce mot-là a mauvaise réputation. J'ai, pour ma part, appris à ne jamais avoir honte de mes facultés parapsychiques. Je vois des choses que la plupart des gens ne voient pas, et j'estime que c'est là un don merveilleux.

Il n'y a pas de mal à être sceptique. Le sceptique doute de tout et ne se laisse pas aisément convaincre. Un extralucide peut, s'il lui fournit des indications précises et détaillées, finir par le persuader, mais tant que le sceptique n'a pas entendu ce qu'il désirait entendre, il continue de se méfier. Cela dit, il demeure ouvert à toutes les possibilités. J'éprouve le plus profond respect pour les sceptiques, car rien n'est plus sain que le doute.

Il en va tout autrement avec le sceptique agressif, qui projette parfois sur l'Inconnu la colère qu'il éprouve à la suite du décès d'un proche, car il se sent en quelque sorte abandonné. Ou alors, le sceptique agressif est un être qui, s'estimant plus intelligent que la moyenne, ne voit dans ses congénères que des crétins ou des naïfs. Ce sceptique-là tend en outre à considérer toute marque d'émotion comme une faiblesse.

Sa rage s'exerce contre nous, tout acharné qu'il est à soustraire les plus faibles à notre influence. Au cours d'une séance, il parle fort pour ne pas entendre nos réponses à ses questions, qui d'ailleurs tiennent davantage de l'affirmation que de l'interrogation. Il fait, à propos de l'au-delà, des remarques grotesques : « J'ai beau parler à ma défunte tante, elle ne me répond pas. » Jamais il ne lui vient à l'idée que c'est précisément parce qu'il est fermé comme une huître qu'il ne parvient pas à entendre la voix des personnes décédées. Sans compter qu'à l'évidence il ne possède pas une once d'énergie médiumnique. Une fois de plus, l'humanité entière n'est pas censée communiquer avec les morts.

Le sceptique agressif décrète que les éléments que nous lui délivrons pourraient s'appliquer, à peu de chose près, à n'importe qui. Certes, comme mon père, des tas de gens succombent à une crise cardiaque, et des tas de gens se prénomment Michael. Mais faut-il qu'un médium reste sourd à un défunt, sous prétexte qu'il n'est pas mort dans des circonstances insolites ou qu'il porte un prénom répandu ? Le voyant reconnaît l'existence de quiconque se présente à lui. Il serait aberrant de repousser tel ou tel parce qu'il ne convient pas au railleur. Les informations d'ordre général méritent qu'on les mentionne, puisqu'elles appartiennent en propre à l'âme qui s'exprime. Cela dit, il est nécessaire, dans le même temps, de mettre au jour des détails plus spécifiques.

Je pourrais certes passer le reste de ma vie à tenter de m'attirer les bonnes grâces des sceptiques agressifs, mais ce serait une immense perte d'énergie et de temps. Et puis, ces individus ne constituent guère qu'une infime minorité. J'ai longtemps fait d'eux une affaire personnelle. Je voulais à tout prix qu'ils comprennent que les médiums ne faisaient au fond que se livrer à la plus naturelle des activités humaines : nouer des contacts avec leurs semblables. Aujourd'hui, je préfère tout bonnement les ignorer.

Si un railleur rejette la dimension spirituelle, ainsi que notre approche scientifique de la vie après la mort, cela ne concerne que lui et, si ces questions le mettent en colère, il ferait mieux de se demander d'où lui vient cette fureur, car c'est peut-être lui qui a besoin d'aide.

De quoi diable les sceptiques agressifs ont-ils peur ? Que, sous la pression du nombre, ils finissent par devoir admettre la légitimité de ceux qui croient en l'au-delà ? Que leurs chers disparus soient témoins de leurs paroles et de leurs actes ? Les railleurs auxquels j'ai affaire sont les mêmes que ceux qui, voilà quelques siècles, soutenaient que la terre était plate. Ils redoutent ce qu'ils pourraient découvrir s'ils s'avisaient d'explorer l'invisible. À présent que la distinction est établie entre sceptiques de bon et de mauvais aloi, voici, pour vous, de quoi demeurer sur le versant positif du doute.

Comment ne pas aller trop loin

Il est essentiel, dans la vie, de savoir établir des limites. Les jeunes médiums doivent déterminer ce qui leur permettra de vivre au mieux leur différence. À ce titre, ils ont le droit, comme tout un chacun, d'établir des frontières. Qu'ils sachent aussi qu'ils méritent autant de considération que n'importe qui.

« Je vous préviens, je suis un sceptique, mais essayez donc de me dire combien j'ai d'enfants ? » « À quoi je pense en ce moment ? » Combien de fois n'ai-je pas entendu ce genre de questions ?... Comme si je n'étais là que pour divertir les gens.

Je ne m'amuserai pas à deviner le prochain tirage de la loterie dans le seul dessein de convaincre les incrédules et je ne ferai pas le clown en public pour les distraire. Les extralucides sont des êtres humains aussi estimables que les autres. À quoi sert de nous offenser, devant témoins qui plus est ? Puisque je respecte le point de vue des sceptiques, qu'en échange ils respectent le mien.

J'ai reçu de nombreux incrédules en consultation. Au terme de ces séances, qui sont pour eux l'occasion de découvrir l'autre côté du réel, ils en viennent souvent à réviser leur opinion sur la vie après la mort. Les anciens sceptiques finissent même par devenir les plus ardents défenseurs des esprits et de la croyance en la vie éternelle. Ils viennent d'abord me voir avec une idée précise de ce qu'ils désirent entendre pour être tout à fait convaincus que l'âme d'un défunt est bel et bien entrée en contact avec nous. Leurs attentes une fois comblées, ils semblent soudain soulagés d'un immense poids ; tous ceux qui assistent à la scène s'en rendent compte.

Une consultation réussie renforce en général la fibre spirituelle du client. Il saura désormais ignorer les détracteurs de tout poil, parce qu'il s'est trouvé, le temps d'une séance, en relation avec l'au-delà, et que ce lien ne se rompt pas aisément.

Mes dons, je les mets au service de ceux qui ont besoin de faire leur deuil, au service de tous ceux qui souhaitent communiquer avec un proche pour régler avec lui ce qui reste à régler. Je viens aussi en aide à ceux qui cherchent des conseils, qui désirent comprendre ce qui les motive réellement. Ceux-là quitteront la séance avec une vision plus précise de leur situation, qui leur permettra d'opérer pour eux-mêmes les choix les plus judicieux.

Je suis toujours ravie de parvenir à fournir à un consultant des informations aussi précises qu'irréfutables. Je ne pense pas pour autant qu'un médium soit tenu de prouver à qui que ce soit la réalité de ses aptitudes parapsychiques. Je crois que des puissances nous dominent, et que cette instance supérieure ne nous a pas créés pour se contenter ensuite de nous laisser mourir. Nous sommes éternels. Nous sommes des créatures spirituelles capables de communiquer avec l'âme de nos chers disparus, au-delà même des frontières de la mort physique.

Les extralucides dignes de ce nom sont obligés de composer avec les nombreux escrocs qui discréditent notre activité. Cela me met en colère. Une cliente m'a un jour demandé si je comptais lui facturer les bougies que j'allais sans doute allumer pour chasser les mauvais esprits. N'ayant jamais entendu parler d'une telle pratique, je lui ai demandé de m'en dire davantage. Elle avait consulté une voyante, m'a-t-elle raconté, qui proposait des bougies pour dix ou quinze dollars en lui expliquant que leurs flammes repousseraient les forces néfastes qui étaient la cause de tous ses soucis.

Si le professionnel avec lequel vous avez pris rendez-vous tente de vous vendre n'importe quoi en vous affirmant qu'en cas de refus vos affaires ne s'arrangeront pas, faites immédiatement demi-tour et allez-vous-en. Certes, un médium peut vous suggérer de faire brûler chez vous un peu de sauge, s'il vous semble que votre maison est le siège d'énergies négatives ou si vous y sentez une présence inquiétante, mais en aucun cas il ne doit vous faire payer ses plantes. Si vous êtes désireux d'en savoir plus sur la voyance, on peut aussi vous conseiller la lecture de tel ou tel livre. Quoi qu'il en soit, fuyez les extralucides qui vous annoncent que vous finirez en enfer ou que vous ne trouverez jamais l'amour à moins d'allumer une bougie à cent dollars ou je ne sais quelle sottise.

Les bons médiums veillent à ce que leurs clients ne s'en remettent pas à eux à tout bout de champ. Nous souhaitons que nos consultants parviennent seuls à vivre le mieux possible et, surtout, à trouver le bonheur.

Je vous en prie, ne mettez pas tous les extralucides dans le même sac. Si, au cours d'une consultation, l'un ou l'autre de mes confrères vous avertit que votre grand-mère se trouve auprès de vous, ne rentrez pas dans votre coquille. Demandez-lui plutôt de vous en dire plus sur votre aïeule. Mais surtout, ne donnez au médium aucune précision. C'est à lui de vous en fournir.

Attendez la fin de la séance pour entrer à votre tour dans les détails, en vous fondant sur ce que le voyant vient de vous révéler. N'oubliez pas : un médium compétent doit pouvoir vous livrer sans problème des données circonstanciées concernant le défunt que vous souhaitez contacter. C'est précisément ce qui fait de nous ce que nous sommes : nous avons le pouvoir de nous entretenir avec les morts.

Si le voyant que vous venez de consulter vous a exposé plusieurs éléments significatifs sans disposer du moindre indice de votre part, ne rechignez pas lorsqu'il passera ensuite à un certain nombre de généralités. Vous devez accepter l'ensemble des informations. De toute façon, un bon médium saura vous mettre à l'aise.

Et s'il vous délivre des détails saisissants, laissez-vous convaincre, en dépit de votre éventuel scepticisme de départ. Si vous restez campé sur vos positions, c'est à vous que vous portez préjudice ainsi qu'à l'être cher qui tente d'entrer en contact avec vous. Mais si, au final, vos émotions demeurent verrouillées, alors c'est que vous n'êtes pas encore prêt. Ne vous tourmentez pas.

De nombreux sceptiques affirment que si les extralucides refusent de les rencontrer, c'est parce qu'ils redoutent de voir leurs faiblesses mises au jour. Rien n'est moins vrai. La vérité, c'est que les incrédules dégagent en général une énergie néfaste. Peu importent les informations collectées par le voyant, ces sceptiques-là ne feront jamais que nier, nier et nier encore. C'est comme si nous nous frappions la tête contre un mur. Pourquoi perdre notre temps et nos forces à côtoyer de tels individus ?

Lors d'une consultation, ne cherchez pas à tout prix à faire coïncider les renseignements obtenus par le médium avec votre situation personnelle. Efforcez-vous plutôt de rester objectif. Contentez-vous d'être ouvert à tous les messages susceptibles de vous parvenir, et rappelez-vous : les choses ne se dérouleront pas forcément comme vous l'avez prévu, car ce sont les esprits qui, depuis l'au-delà, décident de ce qui va être échangé. Cela ne signifie pas que vous n'obtiendrez pas l'information que vous êtes venu chercher ; cela signifie que vous allez vous retrouver face à un véritable kaléidoscope d'éléments. Alors, écoutez attentivement.

Je tâche toujours de livrer tels quels à mon client les renseignements que j'obtiens. Il peut certes m'arriver d'en passer un ou deux sous silence s'ils ne visent qu'à blesser la personne que j'ai en face de moi, mais cela se produit rarement. Dans ce genre de cas, l'âme qui est entrée en contact avec moi n'a pas forcément eu l'intention de nuire au consultant ; par son intermédiaire, elle tente peut-être simplement de transmettre un message à un tiers.

Mais lorsqu'un défunt tient à révéler un secret qu'il

a dissimulé de son vivant, la situation peut devenir embarrassante. Au cours d'une séance, une âme en peine a ainsi dévoilé l'existence d'un adultère à l'une de mes clientes, puis présenté des excuses, afin qu'elle en fasse part ensuite à qui de droit. La malheureuse, qui n'était au courant de rien, est sortie de chez moi bouleversée. Le père de cette cliente a, plus tard, confirmé la justesse de mes affirmations, mais le prix à payer s'avère passablement lourd puisque la jeune femme a, par ce biais, appris un détail bien peu flatteur au sujet de son grand-père, qu'elle aimait tendrement. Et les regrets exprimés par ce dernier n'y ont rien changé, personne n'a trouvé dans l'histoire le moindre apaisement.

Depuis, je commence par me demander si les renseignements qu'on me délivre risquent, ou non, de faire de la peine à mon client. La tierce personne à qui le message est parfois destiné n'est pas ma priorité : c'est le consultant qui m'importe au premier chef. La rétention d'information, je ne me l'autorise que dans ce type de situation qui, je le répète, ne se présente pas fréquemment. Toujours est-il que le douloureux épisode que je viens de vous rapporter m'a amenée à établir, à ma seule intention, un code de conduite. Tout n'est parfois qu'affaire de bon sens. Un médium a le devoir de placer les considérations morales au-dessus de toutes les autres. Après tout, on nous a confié d'immenses responsabilités.

Les clients qui me consultent pour en apprendre davantage sur leur femme ou leur mari ne sont pas forcément ravis d'entendre mes prédictions concernant leur couple, mais je suis toujours directe et je transmets l'ensemble des éléments qui me parviennent. Je voudrais, bien sûr, que chacun soit heureux en amour. Hélas, il m'est impossible d'annoncer à tous mes clients que leur histoire durera jusqu'à la mort. Et puis, si mes dons me permettent de prodiguer quelques conseils matrimoniaux, je finis souvent par constater que mes dires n'ont fait que confirmer ce que mon client ou ma cliente pressentait déjà.

Je souhaite ajouter quelque chose à l'intention de ceux qui, après avoir découvert leurs facultés parapsychiques, hésitent sur l'usage qu'ils pourraient en faire. Sachez que rien ne vous oblige à en faire un métier. Si l'idée de conseiller d'éventuels clients ne vous convient pas, vous avez tout à fait le droit d'opter pour une autre activité et de mettre votre sixième sens au service de votre réussite professionnelle. Vous pouvez également vous contenter d'utiliser vos aptitudes pour votre équilibre et votre épanouissement personnels.

Quelques règles de conduite

J'ai, pour ma part, appris au fil des années à mieux comprendre mes dons, et je sais qu'ils m'ont été offerts dans un but précis. Si je considère ma chance, j'ai conscience de la responsabilité qui m'incombe. Il me faut donc faire preuve à la fois de bon sens et de circonspection. Si, par exemple, observant une femme âgée à une table de restaurant, je distingue auprès d'elle l'âme de son défunt mari, je n'irai pas la trouver pour l'informer de la situation.

Je me suis fixé la règle suivante : à moins que les circonstances s'y prêtent et qu'on réclame expressément mon concours, je n'interviens jamais auprès d'un inconnu. Je ne transmets pas sans réfléchir les données que je reçois. Je ne tiens pas à bouleverser la vie des gens, ni à les perturber sur le plan affectif. Je respecte toutes les croyances individuelles.

Je suis très exigeante envers moi-même, mais je m'efforce aussi de ne pas perdre de vue qu'aucun de nous n'est au maximum de ses possibilités 24 heures sur 24. Je ne suis qu'un être humain comme les autres et je ne tiens pas à me laisser dévorer par d'impossibles espoirs. Je ne suis pas non plus de ces extralucides – j'en ai vu à l'œuvre – qui aiment verser des larmes de crocodile devant leurs clients. Je ne tiens pas davantage à faire pleurer ceux qui viennent me consulter. Il y a toujours moyen de délivrer un message avec assez de délicatesse pour éviter les traumatismes.

Si, par exemple, un fils défunt s'adresse à moi pour que je dise à sa mère qu'il l'aime, la démarche n'ayant rien de surprenant, je lui réponds en ces termes : « Votre fils me fait part de l'amour qu'il éprouve pour vous. Il rend hommage au lien qui vous unit. » D'autres, peut-être moins prévenants, pourraient sombrer dans la grandiloquence : « Votre fils est en train de me dire que personne ne l'aimera jamais comme vous l'avez aimé et qu'il est navré de vous avoir plongée dans un tel chagrin. Vous auriez pu vivre tellement heureux ensemble. »

Un médium peut être amené à interpréter les sentiments qu'on lui communique, et de cette interprétation dépend quelquefois la manière dont le message est confié à son destinataire : sur un mode dramatique, avec beaucoup d'égards, sur un ton furieux... En outre, là où tel client souhaitera que la séance se déroule avec une certaine emphase, tel autre jugera ces excès choquants. Si vous désirez consulter un voyant, mieux vaut donc demander conseil à quelqu'un qui l'a déjà pratiqué et dont l'avis vous paraît digne de foi.

Prenez ensuite par téléphone un premier contact avec le médium sélectionné, et demandez-lui de vous expliquer à grands traits en quoi consistera la consultation. Si le « courant » passe, vous aurez plus de chances d'obtenir, le jour de la séance, ce que vous serez venu y chercher. Mais rappelez-vous : ne livrez aucune information personnelle à l'extralucide. Laissez-le vous fournir d'abord quelques détails sans lui donner de piste. Ce qu'il vous révélera ensuite n'en aura que plus de prix.

Après avoir transmis à un client les messages que j'ai reçus pour lui depuis l'au-delà, je m'attarde, dans le but de le convaincre de la présence du défunt à mes côtés, sur divers objets et souvenirs liés à la personne décédée. Le consultant pourra, plus tard, se remémorer ces éléments spécifiques. En revanche, je n'exploite jamais le chagrin de ceux qui viennent me voir. Certes, ils pleurent souvent, mais, à tout prendre, je préfère mettre en lumière des points positifs et plus réjouissants.

Avec ma famille, les choses ne se passent pas de la

même façon. Les règles que je m'impose en consultation ne s'appliquent pas à mes proches. Si j'apprends que l'un d'eux va avoir une crise cardiaque, je me sens le devoir de le prévenir, même s'il ne croit pas à la voyance. Ma famille est indissociable de ma personne et de mes dons. En transmettant à mes proches les messages qui les concernent, je remplis mes obligations envers eux et envers ma vocation.

Une nuit, le défunt père de Joe m'a rendu visite. Il faisait les cent pas à côté de notre lit. Le plancher craquait (quel cliché quand il est question de revenants!) Joe entendait, lui aussi, les efforts entrepris par son père pour entrer en contact avec nous. J'étais ravie : pour une fois, je n'étais pas seule. Après l'avoir écouté pendant vingt minutes arpenter la pièce, j'ai tiré l'édredon sur ma tête pour tenter d'oublier sa présence.

— Que veut-il ? m'a demandé Joe.
— Je ne veux pas le savoir. Je suis crevée.
— Je t'en prie, pose-lui la question.
— Il faut que ton frère aille chez le médecin, me dit-il. Moi, en tout cas, je ne lui dirai rien. De toute façon, il ne m'écoutera pas.

Le soir suivant, alors que Joe et moi nous apprêtions à nous coucher, l'alarme de la maison s'est déclenchée. Joe est allé vérifier, il a fait taire la sirène, sans avoir pour autant identifié la cause du problème. Vers 1 h 30 du matin, l'alarme a retenti de nouveau.

« Demande donc à tes guides de nous dire ce qui cloche », m'a suggéré Joe.

Ils m'ont répondu : « Le fil jaune est débranché. »

J'ai transmis l'information à mon mari, lui expliquant que c'était son père qui, en réalité, déclenchait notre alarme, pour mieux nous faire comprendre combien la santé de son fils l'inquiétait. Le lendemain matin, un technicien est venu chez nous. Je lui ai demandé s'il y avait, quelque part dans le système, un fil jaune. Il m'a répondu que oui, précisant que ce fil était relié au tableau de contrôle.

Bien sûr, je n'y ai rien compris. Le technicien est monté au premier étage. Là, il a grimpé sur une chaise : le boîtier contenant le fameux fil jaune se trouvait au-dessus du placard de ma chambre. Il l'a ouvert, puis il a braqué sa lampe sur le circuit électrique.

« Bizarre, a-t-il commenté. Le fil jaune est déconnecté. L'installateur est pourtant censé l'avoir sécurisé. » Je me suis brièvement demandé s'il pensait que je l'avais fait exprès pour l'attirer jusque dans ma chambre. J'ai trouvé l'idée amusante. Et puis, il aurait sans doute eu beaucoup plus de mal à admettre la vérité.

J'ai appelé Joe pour lui confirmer que le problème venait bien du fil jaune mentionné par mes guides. Il a décidé, malgré ses appréhensions, de téléphoner à son frère le lendemain matin. Nous ne pouvions guère qu'espérer que ce dernier ferait preuve de suffisamment d'ouverture d'esprit pour accepter d'effectuer un bilan de santé. Le frère de Joe, qui travaille dans une grande entreprise de construction, est un homme extrêmement rationnel.

Le lendemain, Joe a appelé, comme prévu, le bureau de son frère. Dès que celui-ci a eu décroché, l'alarme incendie de l'usine s'est mise à hurler. Joe n'en revenait pas. Son frère non plus, d'ailleurs, qui a été obligé de le rappeler un peu plus tard, car le fracas de la sirène empêchait toute conversation. Touché par l'acharnement de son père à faire passer son message, Joe l'a transmis à son frère qui, hélas, à ce jour, n'a toujours pas consulté de médecin.

11

Toute la vérité ?

Le métier de médium n'est pas de tout repos, car il arrive que celui qui reçoit un message en vienne à vouloir « tuer » le messager. De temps à autre, l'un de mes clients, refusant d'admettre ce dont je dois lui faire part, finit par se retourner contre moi. Face à un choix délicat, il est parfois plus commode de mettre en doute la parole du voyant que d'affronter la réalité. Cela vaut en particulier pour les couples mariés, qui ne souhaitent rien tant que m'entendre leur dire ce qu'ils ont envie d'entendre.

C'est pourquoi, avant de délivrer une information sensible, je pose systématiquement la question aux consultants : désirent-ils vraiment tout savoir ? Certains me répondent que non, et je respecte leur décision. Je demande à tous de peser le pour et le contre : sont-ils prêts à assumer les conséquences de ce que je vais leur annoncer ?

Je détecte souvent, chez les couples, un point faible sur lequel ils vont devoir travailler pour éviter la séparation. Quelquefois, il ne reste plus rien à sauver, car au moins l'un des deux partenaires a déjà tourné la page. En cas d'infidélité, il m'est fréquemment arrivé de découvrir le mois au cours duquel la relation conjugale allait reprendre ou se trouver à jamais rompue. Mes clients confirment par la suite la plupart des renseignements que je leur ai fournis et, comme ce ne sont pas toujours de bonnes nouvelles, je compatis sincèrement.

Cela dit, je refuse de répondre à certaines questions concernant le mariage : inutile de me demander si on a fait une erreur en épousant tel ou telle, et si on serait mieux avec quelqu'un d'autre. Et jamais je ne dirai à un client que son union ne va pas durer. Je prends garde de ne pas bouleverser l'existence des personnes qui s'adressent à moi, même si elles sont précisément venues me voir pour m'interroger sur ce point.

La plupart des gens mariés qui me questionnent sur leur couple savent très bien, au fond, où ils en sont de leur relation. J'insiste toujours auprès de mes clients pour qu'ils suivent leur instinct en n'utilisant qu'à titre d'information complémentaire les éléments que je leur délivre.

Lorsqu'on s'avise de conseiller les autres, il faut commencer par admettre qu'on ne peut pas arranger les choses pour tout le monde. Les médiums sont obligés d'établir certaines limites, afin de ne pas se retrouver avec le poids du monde sur les épaules. Aidez ceux que vous êtes en mesure d'aider, mais respectez-les assez pour les laisser tracer eux-mêmes leur voie. Je m'adresse ici aux extralucides qui brûlent de sauver la planète entière : tâchez de faire preuve de discernement dans le choix de vos combats, et ne les laissez pas vous détruire.

La vie à bras-le-corps

C'était en juillet 2001. Dans l'émission télévisée d'Oprah Winfrey, un homme est venu témoigner.

Vingt ou trente ans plus tôt, il avait failli mourir dans une catastrophe aérienne. En attendant les secours, il avait pris la décision, s'il en réchappait, de vivre désormais à 100 %. À son retour, il est passé à l'acte.

Son exemple était incroyablement stimulant. Il a commencé, a-t-il raconté, par dresser une liste de cent choses qu'il souhaitait faire avant de mourir. Jusqu'ici, il est parvenu à en accomplir environ soixante-dix. J'ai, à mon tour, rédigé une telle liste, et je vous conseille d'en faire autant. Soit dit en passant, le livre que vous êtes en train de lire se trouvait en tête de ma liste, parmi mes dix grandes priorités.

La plupart des gens ayant subi une expérience de mort imminente en ressortent désireux de croquer la vie à pleines dents. Épargnez-vous donc ce genre d'épreuve, mais écoutez ce que ces gens ont à nous dire et profitez de l'existence. Car elle est pareille à un éclair : sitôt apparue, elle s'évanouit déjà. Jouissez de la vie et faites bénéficier votre entourage des dons que vous avez reçus. Parrainez un enfant, consacrez un peu de votre temps ou de votre argent à une cause noble, une maison de retraite par exemple. Ou alors dépêchez-vous de remplir une carte de donneur d'organes – c'est gratuit ! Faites-moi confiance, on n'a plus besoin de reins dans l'au-delà, et quoi de plus merveilleux que d'offrir à quelqu'un une seconde vie ? En tout cas, optez pour une action qui compte vraiment à vos yeux, une action qui fasse résonner le cœur même de votre être.

Sans cesse, je vais chercher l'enfant qui demeure au fond de moi, pour éviter de passer à côté des mille petites joies de l'existence. Souvenez-vous : vous étiez petit, vous vouliez venir en aide aux animaux errants et vous ne compreniez pas pourquoi vos parents manifestaient si peu d'enthousiasme à l'idée de recueillir une bête qui, pourtant, avait besoin de vous. Lorsque vous tombiez sur un animal égaré, vous songiez que c'était votre jour de chance. Comme si on venait de vous offrir un cadeau exceptionnel.

Grandir ne devrait pas être synonyme de renoncement. Pourquoi croyez-vous qu'une fois adultes nous admirions tant l'innocence des enfants, la simplicité avec laquelle ils découvrent l'existence ? Parce que nous reconnaissons cette part perdue de nous-mêmes, et que cette part nous manque. Les enfants sont, par nature, tournés vers les autres ; s'ils veulent en faire autant, les adultes, eux, ont au moins quelques efforts à déployer.

Rappelez-vous encore vos jeunes années : vous ne compreniez pas, alors, pourquoi, en ce bas monde, des gens souffraient de la faim. Ma mère, quand elle me parlait de ces malheureux, m'assurait que nombre d'entre eux auraient été bien contents de récupérer le contenu de l'assiette que je n'avais pas terminée. Dans mon ingénuité de fillette, je lui proposais d'aller chercher une enveloppe, d'y glisser mon repas pour l'expédier à qui de droit.

Aujourd'hui que j'en ai les moyens, je mets en pratique mes bonnes intentions de jadis. Tous les ans, pour Thanksgiving et pour Noël, j'envoie un chèque aux foyers de sans-abri qui organisent pour leurs pensionnaires des repas de fête. Je ne peux certes pas mettre un terme à la faim dans le monde, mais je peux, en ces jours particuliers, aider quelques démunis et leur faire savoir, par là même, que leur sort ne nous laisse pas indifférents. Certains d'entre nous songent que, puisqu'ils demeurent impuissants à l'échelle de la planète, mieux vaut pour eux ne rien tenter du tout ; il est plus facile d'oublier un problème que de le prendre à bras-le-corps, même à sa modeste mesure.

Vous devez retrouver au fond de vous cette part de votre être qui rêvait autrefois de changer la vie des autres. On a toujours les moyens d'influer, si peu que ce soit, sur la marche du monde. Ceux qui renoncent aux liens avec autrui se retrouvent isolés et uniquement préoccupés d'eux-mêmes. En grandissant, nous acquérons le pouvoir d'atteindre les buts que nous nous étions fixés durant notre enfance mais, hélas, au fil des années, nous finissons par oublier les chats perdus et les SDF qui nous touchaient jadis.

Je ne suis pas en train de vous conseiller de transformer votre maison en refuge pour animaux. Je vous suggère simplement de regarder autour de vous, de repérer ceux qui ont besoin de secours et de vous demander ce que vous pourriez entreprendre pour soulager leur peine.

Je me sens mal à l'aise à l'idée de donner de l'argent aux mendiants, mais je leur achète de quoi manger. Combien de fois n'ai-je pas remarqué au coin d'une rue, aux abords d'un *drive-in,* un homme (ou une femme) en train de faire la manche. Alors, je passe au fast-food pour lui rapporter un hamburger. J'obtiens, dans ces cas-là, deux types de réaction : soit le sans-abri est réellement affamé et me remercie de mon geste, soit il s'agit d'un imposteur qui tente de profiter de notre culpabilité à tous.

Les actions charitables sont une véritable nourriture pour l'âme. Cela dit, ne tombez pas non plus dans tous les panneaux. Ce n'est pas à vous qu'il revient de sauver la planète. Contentez-vous d'en apprécier la beauté multiple. Il y a mille et une manières de changer la réalité, mais toutes impliquent de tendre d'abord la main. J'en viens parfois, quand je fais une bonne action, à me taxer d'égoïsme tant mon geste me réjouit et me rend euphorique. Les gens que j'aide me stimulent en retour. L'énergie positive se nourrit de ses propres forces, et puis revient vous galvaniser.

J'ai écrit ce chapitre à l'intention de ceux qui sentent au fond d'eux un vide spirituel, qui cherchent un but, ou désirent tout bonnement se sentir bien dans leur peau. Dresser l'état des lieux de son âme n'est jamais inutile. Vous trouvez-vous épanoui ? Avez-vous accompli tout ce que vous aviez prévu d'accomplir dans votre vie ? Avez-vous contribué à changer le destin d'un tiers ? Regardez-vous dans la glace et demandez-vous donc quel genre d'adulte vous êtes finalement devenu. L'épanouissement personnel signifie qu'au terme de votre existence physique vous n'éprouverez pas de regrets.

Choisir sa voie

On me demande parfois si l'enfer existe. Il m'est arrivé, en deux occasions, d'entrer en contact avec l'esprit d'un défunt, sans parvenir pour autant à lui faire engager un dialogue avec la personne venue me consulter. La première fois, j'ai décrit à ma cliente la face sombre de son père décédé. C'était un alcoolique, qui avait souvent exercé sa violence physique contre ses proches. Il avait trompé sa femme, allant même jusqu'à fréquenter des prostituées.

Dans ce genre de circonstance, un médium se sent affecté par la douleur du consultant. Ce jour-là, ma cliente a confirmé mes dires en m'assurant qu'elle n'en ressentait pas de chagrin particulier. Je lui ai ensuite expliqué que, si son père avait certes choisi de se détourner de la lumière, cela ne rejaillissait nullement sur elle. Je pense que certains individus se fabriquent leur propre enfer, et l'emportent avec eux dans la tombe s'ils refusent de se défaire de leur part obscure. Néanmoins, ces personnes peuvent engendrer des enfants pleins de bonté. Et inversement. Vous ne devez donc en aucun cas passer votre vie à racheter les choix opérés par l'un de vos parents. Ceux qui s'intéressent à vous ne voient précisément que vous, ils ne voient pas le reste de votre famille. La cliente dont je viens de parler a beau avoir eu un père peu recommandable, elle est l'une des femmes les plus douces et les plus chaleureuses qu'il m'ait été donné de rencontrer. C'est une mère exemplaire et ses amis sont nombreux.

Lors de consultations de même teneur, j'ai vu

quelquefois le client ou la cliente bondir de son siège au bout d'un quart d'heure en décrétant, avant de quitter la pièce : « J'avais seulement besoin de savoir qu'il s'était bien retrouvé là où il méritait de finir ! »

Les médiums ne sont pas là pour dire aux autres comment ils doivent mener leur vie. Nous nous efforçons simplement de laisser entrevoir à nos clients leur avenir, afin qu'ils puissent tirer le meilleur profit des précieuses années qu'ils passent ici-bas. Je reconnais qu'il est pénible de voir des individus sombrer dans des comportements qui, au final, leur coûteront leur bonheur. Nous ne pouvons guère que leur prodiguer quelques conseils et envoyer vers eux des anges susceptibles de les guider. Mais la volonté humaine est parfaitement capable de les repousser tous. Quand il vous semble avoir trouvé votre intime chemin, écoutez attentivement les voix qui s'adressent à vous.

12

Plus fort que la mort

Un sourire d'apaisement sur le visage d'un client que je viens d'aider à entamer son travail de deuil compte davantage pour moi que toutes les paroles qu'il pourrait prononcer. Lorsque Domini, mon amie de lycée, est décédée à l'âge de trente et un ans, je me suis soudain retrouvée de l'autre côté de la barrière.

J'avais quatorze ans quand j'ai rencontré Domini au cours de ma première année à North High. Nous avons fait connaissance à l'arrêt d'autobus, devant l'école. Domini était gymnaste ; elle était à la fois très féminine et déjà parfaitement autonome. Elle arborait un sourire craquant à la Julia Roberts. Domini souriait de toutes ses dents. Elle était ouverte et chaleureuse. Nous n'avons pas tardé à engager la conversation. Quelques semaines plus tard, nous étions devenues amies.

Domini était aussi jolie qu'allègre, sensible comme peuvent l'être les enfants, à fleur de peau. Elle avait vécu une prime jeunesse difficile. Pour cette raison, elle avait hâte de trouver sa juste place et de se sentir aimée. Au sein d'un groupe, c'était toujours elle qui manifestait le plus d'entrain. En juillet 2000, on lui a découvert un mélanome qui l'a emportée le 2 avril de l'année suivante. Voir ainsi souffrir mon amie m'a causé un immense chagrin.

Il est parfois douloureux d'être médium, en particulier quand on pressent une tragédie dont on sait qu'on ne pourra l'éviter ; on n'a alors d'autre choix que d'attendre que notre prédiction se réalise. J'avais, depuis longtemps, deviné que Domini succomberait à un cancer vers l'âge de trente ans. J'en avais dix-neuf lorsque je lui ai fait part de mes craintes. Mais je n'étais pas la seule à me douter qu'elle allait mourir jeune.

Nous étions adolescentes. Je n'oublierai jamais cette scène. Domini était alors ma meilleure amie. Nous étions allées au cinéma voir *Au fil de la vie*. Soudain, Domini s'est tournée vers moi. C'était le moment où, dans le film, le personnage interprété par Bette Midler a une grande conversation avec sa meilleure amie (jouée par Barbara Hershey). Cette dernière apprend à Bette Midler qu'elle souffre d'une maladie de cœur qui va bientôt l'emporter. Elle souhaite que son amie prenne soin de sa fille après son décès.

— Ali ? (Dom est la seule à avoir jamais utilisé ce diminutif pour s'adresser à moi.) S'il m'arrivait quelque chose, si je mourais, tu en ferais autant pour moi ? Tu t'occuperais de ma petite fille et tu lui dirais tout de moi ?

— Tout ? ai-je lancé sur le ton de la plaisanterie pour tenter de détendre l'atmosphère. Non, je ne lui raconterais sûrement pas tout !

— Tu me le promets ?

— Mais oui !

Domini paraissait soulagée. Elle savait que je tenais toujours mes promesses.

Quelques années plus tard, Domini et son époux, Dominic, ont eu une délicieuse petite fille, baptisée Marissa. Mais alors que nous n'avions qu'un peu plus de vingt ans, nous nous sommes perdues de vue. Je m'étais mariée à mon tour, j'avais fondé ma propre famille ; nos chemins s'étaient séparés.

Néanmoins, je pensais souvent à elle. Je me demandais ce que devenait sa jolie fillette rousse, ce bébé que j'avais, à l'époque, tenté de changer en mettant systématiquement sa couche à l'envers. Ce bout de chou que je me proposais de gaver de hamburgers car je n'avais alors aucune idée de ce que pouvait bien ingurgiter un bambin de cet âge. Je n'avais pas la moindre expérience des enfants, mais je faisais des efforts : je tenais à aider Domini à prendre soin de Marissa. Je voulais que la petite et moi apprenions à nous connaître.

Six ans ont passé. En 2000, j'ai décidé de retrouver mon amie. J'ai lancé une recherche sur Internet, et c'est par le biais de Dominic, dont elle était maintenant divorcée, que je suis parvenue à la localiser. J'éprouvais un sentiment d'urgence qui ne devait rien au hasard. Mes guides avaient une excellente raison de me mener vers elle. J'ai raconté à Domini que j'étais stagiaire au bureau du procureur. Elle-même travaillait à deux pas. Au cours des quelques mois qui ont suivi, nous avons passé ensemble de nombreuses heures au téléphone. C'était comme si ces six années de séparation n'avaient jamais existé.

Domini, qui s'était remariée, avait eu au mois de mars une seconde petite fille. Je lui ai proposé de venir dîner chez eux un soir (j'avais prévu d'apporter de quoi manger pour tout le monde) ; nous n'habitions qu'à une heure l'une de l'autre et j'avais très envie de faire la connaissance de son bébé. Joe et moi avons installé nos filles dans la voiture et sommes partis passer la soirée chez Dom et sa nouvelle famille.

La dernière fois que j'avais vu Marissa, elle avait trois ans. Elle était restée cette fillette aux yeux pétillants que j'avais plusieurs fois emmenée au fast-food. La soirée est passée beaucoup trop vite à mon goût. Nous nous sommes plongées dans des albums de vieilles photos et avons bavardé plusieurs heures durant. Mais déjà, il était temps de se quitter. La semaine suivante, la ligne téléphonique de Domini a été coupée. Je n'ai plus entendu parler d'elle pendant quatre longs mois.

Elle m'a appelée au cours de l'été 2000. On venait de lui annoncer qu'elle était atteinte d'un cancer et elle tenait à m'en informer. Elle est morte peu après. Bien des années plus tôt, nous étions allées voir ce film qui nous avait permis de discerner l'avenir qui nous attendait l'une et l'autre. Nous avons ri et pleuré ensemble puis, l'heure venue, nous nous sommes dit au revoir. Je suis persuadée que, ce jour-là, dans cette salle de cinéma, Dom avait compris que son séjour ici-bas serait bref. Elle m'avait répété tant de fois qu'elle ne vieillirait jamais. Elle avait raison.

Nous nous reverrons

Je n'aime pas faire mes adieux à quelqu'un qui va mourir. Je trouve cela trop définitif. Je préfère lui dire : « À plus tard. »

Domini a lutté de nombreux mois contre la maladie. J'ai tenté de profiter au mieux des heures que j'ai alors passées avec elle, j'ai voulu en faire des moments privilégiés. Stacey, dont je me suis rapprochée à l'époque, m'a aidée à exaucer quelques-uns des derniers vœux de notre amie commune. Il est essentiel, tant pour celui qui va bientôt s'éteindre que pour ceux qu'il va laisser derrière lui, d'atteindre à l'apaisement. Si vous vous trouvez confronté à ce type de situation, ne laissez pas la tristesse vous paralyser. Dites-vous plutôt que vous avez énormément de chance, et tâchez de savoir ce que le malade a envie de voir ou de faire pendant qu'il est encore parmi nous. Vous disposez là d'une opportunité qui n'est pas offerte à tout le monde.

Domini avait toujours désiré vivre dans un joli petit endroit, mais le ménage et la décoration d'intérieur n'étaient pas son fort. Un jour qu'elle était sortie, Stacey et moi avons briqué tout l'appartement, dans lequel nous avons ensuite disposé des bibelots gais et colorés. Nous avons allumé des bougies et fait brûler de l'encens jusqu'à en perdre l'odorat. Domini a adoré ce qu'elle a trouvé en rentrant. En se délectant des parfums de fleurs qui flottaient dans l'air, elle a découvert un à un les petits objets éparpillés dans les pièces ; elle les aimait tous beaucoup.

Domini nous avait également dit qu'elle souhaitait,

un soir, manger du homard. Elle n'avait pas toujours joui des plaisirs simples de l'existence. À présent, elle prenait le temps de faire les choses. Stacey et moi l'avons invitée au restaurant, où nous avons dégusté un homard en évoquant notre adolescence.

Quand on est jeune, on ne se rend pas toujours compte que la vie doit un jour se terminer. On est incapable d'imaginer son dernier repas, incapable d'imaginer ce qu'on aura envie de dire aux proches qu'on s'apprêtera à laisser derrière soi. On a tout le temps, on aborde sans crainte l'existence. On n'a pas conscience non plus que les choix qu'on opère vont peut-être affecter notre vie entière.

Au cours de ce dîner, nous avons bavardé avec toute la sagesse de trois femmes qui ont eu à traverser diverses épreuves. À seize ans, nous pensions tout savoir, nous pensions avoir tout vécu, nous pensions un jour obtenir tout ce que nous désirions. Nous comprenions désormais que la jeunesse est à la fois une malédiction et un bienfait. On vit sans souci, mais on manque de bon sens, à l'âge où on en aurait pourtant le plus besoin. Nous avons ri et pleuré autour de nos jeunes années, après quoi nous avons raccompagné Dom chez elle, pour qu'elle se repose.

Quelques semaines avant son trente et unième anniversaire, nous avons organisé une fête en son honneur, afin qu'elle puisse passer du temps avec ses vieux amis. Dire à ceux qu'on aime ce qu'on a à leur dire tant qu'ils sont encore là, voilà qui est infiniment précieux. Mes guides m'ont indiqué que le 22 mars il se produirait un événement majeur dans la vie de Dom. Stacey et moi avons aussitôt noté cette date dans nos agendas. Je savais, néanmoins, qu'elle ne s'éteindrait pas ce jour-là. Je me préparais à toutes les éventualités.

Rien ne s'est passé le 22 mars. Stacey et moi ne comprenions pas ce que mes guides avaient cherché à me dire. Le lendemain, Dominic, l'ex-mari de Domini, m'a appelé pour m'informer qu'elle avait eu des convulsions la nuit précédente et qu'il avait fallu la faire admettre dans un établissement de soins palliatifs. Jusque-là, Dom avait tout fait pour ne pas intégrer ce genre de service. Elle avait certes besoin d'aide, mais elle préférait souffrir chez elle. Au plus profond d'elle-même, elle savait que, si elle entrait dans un centre de soins palliatifs, elle n'en ressortirait pas vivante.

Le 2 avril, à 14 heures, mes guides m'ont commandé de lui rendre visite. Ils m'ont même indiqué la route à suivre pour rejoindre la clinique où elle se trouvait. Mais j'avais de nombreuses consultations ce jour-là et, comme d'habitude, mille autres choses à faire. Lorsque j'ai jeté un coup d'œil à ma montre, il était 16 h 15. Dès lors, je n'ai plus cessé de consulter la pendule.

« Quoi ? ai-je lancé à mes guides. On n'en est qu'à la moitié de *Judge Judy*[1]. Que se passe-t-il ? » J'avais un rendez-vous à l'extérieur. En rentrant, je me sentais apathique. Tout semblait se dérouler au ralenti.

---

1. Émission judiciaire très regardée aux États-Unis, dans laquelle Judith Sheindlin, ancienne juge de profession, arbitre avec autorité des différends familiaux *(N.d.T.)*.

Je suis allée jusqu'à la porte du garage. Joe n'a pas tardé à me rejoindre. J'ai secoué la tête en le voyant arriver.

— Domini est morte, c'est ça?
— Oui, à 14 h 50.

Parfois, je songe que je ne mérite pas d'avoir ces guides spirituels à mes côtés. Tant de choses m'avaient préoccupée ce jour-là que je n'avais tenu aucun compte des signes qu'ils m'avaient envoyés. Ils avaient tenté de me mener vers mon amie, afin que je lui dise un dernier au revoir, mais j'avais préféré les ignorer. Ils avaient tout fait pour que je comprenne qu'elle était en train de s'éteindre, mais j'avais été trop débordée pour décrypter leurs messages.

Le lendemain, j'ai reçu une information depuis l'au-delà : dans une boîte blanche se trouvait une bague qui devait revenir à Marissa, la fille de Domini. Celle-ci n'avait pas exprimé clairement ses intentions concernant ce bijou, même s'il comptait beaucoup pour elle. C'est que Dom, en éternelle optimiste qu'elle était, avait bon espoir de venir à bout du cancer. En retardant le moment de régler ses affaires, elle tentait de repousser l'échéance.

Nombreux sont ceux qui, l'heure venue, réagissent de cette manière. Tant qu'ils n'ont pas salué une dernière fois leurs proches, pensent-ils, rien ne pourra leur arriver. Hélas, la mort n'est pas du même avis.

Mes guides m'ont indiqué que la boîte blanche se trouvait sous un matelas, ou dissimulée par un matelas. Ce matelas, je le distinguais en pensée. Une main le soulevait pour me montrer quelque chose. Je n'avais plus qu'à tenter d'interpréter ma vision. De toute évidence, il fallait que Dominic inspecte les lits. Je lui ai donc téléphoné.

J'étais très embarrassée de l'appeler, car c'est lui qui s'était occupé de Dom ces derniers mois ; il devait désormais affronter cette perte. J'étais là quand ils avaient fait connaissance, treize ans plus tôt. Même s'ils n'avaient pas toujours été d'accord, il n'avait jamais cessé de l'aimer ni de penser à elle. Ils se ressemblaient tellement. Et tous deux portaient presque le même prénom. Ils étaient aussi nés le même jour.

Pourquoi, vous demandez-vous, le second mari de Domini n'a-t-il pas veillé sur les derniers instants de son épouse ? Il l'a en effet quittée dès qu'elle est tombée malade. Sans doute, vu les circonstances, s'était-il lassé d'elle. Quelques mois avant sa mort, il a demandé le divorce. Par bonheur pour lui, le décès de mon amie est venu interrompre la procédure en cours. Il n'aura décidément rien perdu dans l'histoire. Un seul mot me vient lorsque je pense à lui : karma.

Dominic m'a rappelée un peu plus tard. Il avait trouvé, coincé entre un matelas et une table de nuit, l'écrin contenant la bague. « Il s'agit bien d'une boîte blanche ? ai-je insisté. Si ce n'est pas le cas, je ne peux rien confirmer du tout. » Je ne transige jamais avec mes facultés parapsychiques. Qui plus est, ma meilleure amie venait de mourir et je voulais être tout à fait certaine d'avoir clairement reçu son message.

« Oui, c'est une boîte blanche. Comme tu me l'avais annoncé. »

Maintenant qu'il avait l'assurance que Dom était bel et bien entrée en contact avec nous, Dominic semblait reprendre courage. Elle avait réussi à faire comprendre aux siens que tout allait bien pour elle. Plus important encore : depuis l'autre côté du réel, et avec tout l'amour dont elle était capable, elle venait de léguer sa bague à sa petite Marissa.

*

La plupart des gens s'imaginent que les médiums parviennent mieux que le commun des mortels à gérer la perte d'un proche. Mais, après le décès de Domini, j'éprouvais autant de chagrin que n'importe qui d'autre. J'avais l'impression d'avoir été frappée par surprise. Chaque fois que je me rends à une inhumation, je me sens rassérénée d'apercevoir le défunt assister à son propre enterrement. Mais le jour des funérailles de Domini, je suis demeurée inconsolable.

J'observais ses fillettes en train de jouer dans le cimetière, inconscientes de la gravité de la situation, et c'était comme si j'avais reçu un coup de poing en pleine poitrine. Il me semblait que les enfants se déplaçaient au ralenti, et leurs rires résonnaient en moi de manière obsédante. Debout à côté du cercueil de mon amie, je ressentais à la fois le poids physique de son cadavre allongé là et le fardeau de la maladie qui l'avait emportée. J'avais la nausée. Je tâchais de me rappeler Domini telle qu'elle était avant que le cancer n'envahisse son corps.

Je pense sans cesse à elle. Je me rappelle précisément la sensation que j'ai éprouvée au contact de sa maladie. Je me souviens de notre dernière rencontre. Ce jour-là, je n'arrivais pas à la quitter, car j'avais compris que je ne la reverrais plus de son vivant. Elle n'était plus que l'ombre d'elle-même. En la serrant dans mes bras, j'avais eu peur de la briser. Elle était devenue si fragile. Saluer un ami en sachant qu'il n'y aura pas de prochaine fois vous plonge dans une tristesse à nulle autre pareille.

J'ai l'assurance que Domini, aujourd'hui, ne souffre plus. Elle a retrouvé toute sa vigueur. Mais j'ai beau savoir qu'elle se trouve dans un lieu plus clément, je sens bien que mon univers est désormais privé de sa belle énergie.

Et puis, je me sens coupable. Un an avant son décès, Domini avait mis au monde une seconde petite fille. Je lui avais rendu visite peu après, l'informant à cette occasion qu'elle n'allait pas bien. C'était tout simplement parce qu'elle venait d'accoucher, m'avait-elle répondu. Je lui avais assuré que non. Elle m'avait promis de consulter un médecin. Quelque temps plus tard, elle m'avait annoncé que le docteur lui avait dit qu'elle était en parfaite santé.

C'est là que le bât blesse. Car si je n'étais certes pas en mesure de changer quoi que ce soit au sort qui attendait mon amie, une petite voix, tout au fond de moi, me répète que j'aurais tout de même dû tenter d'intervenir, comme il m'est arrivé de le faire pour d'autres personnes. Mais le destin en avait décidé autrement. Domini avait beaucoup souffert durant sa grossesse, mais les médecins avaient cru que ses douleurs étaient justement liées à sa maternité. Lorsqu'ils avaient ensuite diagnostiqué son mal, il était déjà trop tard : la tumeur était inopérable. Je dois, moi aussi, admettre qu'il ne faut pas s'adresser de reproches quand on perd un être cher. Certains événements ne dépendent pas de nous.

Les deux petites filles de Domini se souviendront à peine de leur mère. Pourtant, celle-ci, j'en ai la certitude, leur rendra de fréquentes visites. La jeune femme que j'ai connue ne saurait se comporter autrement.

Je m'efforce de me rappeler qu'une raison précise se cache derrière toute chose, mais je ne suis qu'un être humain, et j'ai de la peine chaque fois que quelqu'un nous quitte prématurément. Les années m'ont aussi appris qu'il est bon de pleurer ceux que nous avons perdus. C'est grâce aux larmes et aux questions qu'on vient à bout de son chagrin. J'encourage mes clients à s'adresser à leurs proches décédés, car ces derniers ne se contentent pas de nous écouter ; d'une manière ou d'une autre, ils finissent toujours par nous répondre.

Je mets un point d'honneur à réconforter ceux qu'un ami ou un parent a abandonnés trop tôt, car c'est pour eux une plaie à vif. Tant d'énigmes demeurent irrésolues. « Pourquoi m'as-tu quitté ? » Cette interrogation est l'une des plus douloureuses.

On éprouve du soulagement à savoir qu'au-delà même de la mort nous demeurons en contact avec les défunts, et que toute chose naît et s'éteint pour une cause déterminée. Dites-vous que celui qui vous a quitté se devait de partir le premier. Il vous accueillera quand votre tour sera venu ; ce seront, ce jour-là, des retrouvailles exceptionnelles.

Nos chers disparus continuent de nous accompagner au long de notre vie et nous communiquent leur énergie. S'il vous faut un peu de force, faites donc appel à votre grand-père, qui vous conseillera depuis l'au-delà. C'est plutôt de patience que vous avez besoin ? Adressez-vous à votre défunte mère ; elle saura vous apaiser. Quand il m'arrive de prendre les choses trop au sérieux, l'esprit de Domini me suggère de me détendre un peu. Les absents font partie de vous, alors permettez-leur de vous guider.

J'ai un jour reçu en consultation un homme charmant et son épouse. Je lui ai demandé si, durant son enfance, il avait perdu l'un de ses frères.

Il m'a répondu que non.

— C'est curieux, parce que l'énergie que je capte est celle d'un frère.

— Mon neveu avait douze ans quand il est mort. Nous avions presque le même âge. Nous avons été élevés ensemble. Nous étions comme des frères. Il s'appelait Martin.

— Portait-il des prothèses aux jambes ?

— En effet.

Martin se faisait du souci pour ses parents. Il pensait que son décès les avait éloignés l'un de l'autre. Le chagrin, précisait-il, continuait de les ronger. Il souhaitait pouvoir atténuer leur douleur. Je lui ai expliqué que ni son père ni sa mère n'étaient favorables à un contact éventuel avec l'au-delà. Martin ne cessait de me répéter les prénoms de Robert et de Bobby. J'ai interrogé son oncle à ce sujet.

« Martin n'est que le deuxième prénom de mon neveu. Son vrai prénom est Robert. Quant à Bobby, c'est le nom de son père. »

Martin se tourmentait beaucoup au sujet de ce

dernier. Il se souvenait aussi avec nostalgie des moments qu'il avait partagés avec son oncle. Celui-ci, qui désirait faire part au père de l'enfant décédé de ce qu'il avait appris grâce à moi, espérait que Bobby accepterait de l'écouter. Tout le monde n'est en effet pas prêt à entendre les messages émanant de l'autre côté du réel, de même que certains esprits rechignent à s'exprimer. Je trouve cela dommage, car la communication permet souvent de panser les plaies et de soulager les âmes. Il est bon de rester ouvert à toutes les possibilités offertes par l'existence.

Les animaux et l'au-delà

Je me suis trouvée récemment confrontée à un rude dilemme. Sinbad, mon vieux matou, est tombé malade. J'aime à penser que je suis quelqu'un de plutôt compatissant et que je tâche toujours d'agir au plus juste des intérêts de chacun. Sinbad allait de plus en plus mal. Mais il était chez nous depuis onze longues années. Ma mère, qui l'avait trouvé à demi dévoré par des coyotes, l'avait remis sur pattes. C'était alors un jeune adulte. Il devait maintenant avoir entre treize et seize ans.

Sinbad avait survécu aux morsures des coyotes. Pourquoi aurais-je dû assumer de mettre fin à ses jours ? Je sentais qu'il souffrait, mais je refusais de hâter sa fin. Je savais que si je le conduisais chez le vétérinaire, je ne le ramènerais pas vivant. Il aimait dormir sur la pelouse, devant notre maison, et se prélasser au soleil. Moi qui ai des contacts quotidiens avec l'au-delà, je suis bien placée pour savoir que le calme et la beauté y règnent, mais j'aimais mon chat et n'étais pas prête à le perdre. Et lui, quelle attitude aurait-il souhaité me voir adopter ?

J'avais peur de prendre la mauvaise décision. Après tout, il faisait partie de notre famille. C'était un vendredi soir. J'ai réclamé de l'aide à mes guides spirituels. Certaines personnes ne comprennent pas la place que peut tenir un animal dans le cœur d'un humain, moi si. Sinbad comptait énormément pour nous. « Que dois-je faire ? » ai-je demandé à mes guides. J'ai trouvé leurs réactions peu probantes, aussi ai-je fini par me fâcher : « Quand il s'agit des autres, vous êtes bien capables de me fournir des conseils clairs et précis, qui les soulagent une fois que je les leur transmets. Pourquoi n'y ai-je pas droit, moi ? Ce que je veux, c'est un signe particulier, quelque chose d'exceptionnel. »

Quand un médium se rebelle contre l'autre côté de la réalité, sa colère prend en général des proportions terribles. Après avoir passé des heures à réfléchir, j'ai sombré dans un sommeil agité. C'est alors que mes vœux ont été exaucés. J'ai fait un rêve extraordinaire (ceux qui me connaissent savent que je rêve rarement) : mon amie Domini était encore parmi nous, et je me trouvais avec elle dans son appartement. Je feuilletais mes albums de photos, quand j'ai remarqué que la pièce était plus coquette que d'ordinaire. Domini s'est approchée. Elle paraissait plus jeune que moi, alors que j'ai deux ans de moins qu'elle – j'ai toujours été la benjamine de notre groupe d'amies.

Elle avait attaché ses cheveux blonds en queue-de-cheval. Dans ses yeux bleus, pareils à ceux d'un enfant, brillaient des étincelles dorées. La perfection faite femme. Dominic est entré. Il est passé à côté d'elle, leurs épaules se sont frôlées, mais ils n'ont réagi ni l'un ni l'autre. Dominic s'est rendu dans la pièce voisine, dont il a refermé la porte derrière lui.

Domini, elle, était demeurée dans le salon, où elle jouait avec un bébé, dont je ne comprenais pas très bien de qui il était. Je me sentais fatiguée, j'avais envie de rentrer chez moi. J'ai ramassé mes albums et je me suis dirigée vers la porte d'entrée. « Attends ! » m'a lancé mon amie en me faisant signe de revenir vers elle. J'ai fait demi-tour et posé les albums sur la table. Domini s'est mise à les consulter, relevant la tête de temps à autre pour me sourire, visiblement satisfaite. Je lui ai dit que je devais partir. Mais en quittant l'appartement, je me suis retrouvée, non dans le hall de son immeuble, mais dans la salle d'attente d'un vétérinaire. Je me suis retournée vers mon amie pour lui demander ce qui se passait. Elle m'a souri en hochant doucement la tête.

Je me suis réveillée dans un sursaut et me suis assise dans mon lit. Ma première réaction a été de téléphoner à Domini pour lui raconter que je venais de rêver d'elle, mais je me suis soudain rappelé qu'elle nous avait quittés trois mois plus tôt. J'avais exigé de mes guides un signe miraculeux. Celui que je venais de recevoir était riche de significations. D'une part, Domini m'indiquait, par ce biais, qu'elle était demeurée auprès de son ex-mari. Avant de mourir, elle m'avait assuré qu'elle trouverait un moyen d'entrer en contact avec moi depuis l'au-delà. Elle avait ajouté qu'elle se sentait rassérénée à l'idée de pouvoir tendre ainsi la main à ceux qu'elle aimait. D'autre part, en me montrant le cabinet du vétérinaire, elle me faisait comprendre que tout se déroulerait au mieux pour Sinbad, et que c'était là la meilleure décision à prendre. Je savais désormais que Domini veillerait sur lui. Peu après, Joe et moi avons fait euthanasier notre chat. Nous l'aimions suffisamment pour le laisser s'en aller. Certes, j'avais eu le pressentiment que Sinbad devait mourir cette année-là, mais mon chagrin n'en était pas moins considérable.

Notre nouveau chat nous venait justement de Domini. Son état de santé empirant, elle avait fini par ne plus pouvoir s'occuper des chatons qu'elle avait récupérés, si bien qu'un jour j'en avais emporté un pour l'offrir à mes filles. Nous l'avions baptisé César. Il est toujours parmi nous, et nous le traitons comme un véritable petit roi. Il est pour notre famille une bouffée d'air frais. Il est plein de vie, comme l'était Domini. Je l'adore. La seule chose que je lui reproche est sa manie de me sauter sur la tête au beau milieu de la nuit pour m'ébouriffer à coups de patte. Rien à faire, je ne parviens pas à m'y habituer. Mais je me réjouis d'avoir hérité de l'un des chats de Dom. Je sais qu'en retour elle prend aujourd'hui soin de Sinbad, quoiqu'il soit sans doute un peu mollasson à son goût!

Les animaux domestiques ont joué un rôle important dans plusieurs de mes consultations. Ils font partie de nos vies et beaucoup de gens les considèrent comme des membres de leur famille. Si je savais que les chiens et les chats entraient parfois en contact avec nous depuis l'au-delà, j'ignorais en revanche que les oiseaux pouvaient en faire autant, jusqu'à ce qu'au cours d'une séance une petite créature vienne à ma rencontre.

Ma cliente était une femme cocasse et bourrée d'énergie. Elle venait de perdre quelqu'un, m'avait-elle indiqué, sans me préciser de qui il s'agissait. Très rapidement, une femme aux cheveux teints m'est apparue, vêtue d'un costume hawaiien. J'avais bien du mal à m'empêcher de sourire, car elle était très amusante. J'ai dit à la dame que cette personne représentait une figure maternelle, et je lui ai demandé si elle comptait se rendre bientôt à Hawaii ou si elle y avait récemment séjourné.

« Nous avions prévu d'y aller en famille, mais ma belle-mère est morte juste avant notre départ. » Elle était visiblement touchée que la défunte fasse référence à ce voyage prévu de longue date.

J'ai alors été témoin d'une scène comme je n'en avais jamais vu auparavant : un oiseau se tenait perché sur le doigt de la belle-mère décédée, qui le couvait des yeux.

— Possédait-elle un oiseau ? ai-je demandé à ma cliente. Elle est en train de m'en montrer un, posé sur son doigt.

— Oui. Elle en avait deux, Ike et Tina. Tina est morte presque en même temps que ma belle-mère.

Jusqu'ici, je n'avais jamais visualisé que des chats, des chiens ou des chevaux. Cet oiseau constituait pour ma cliente une preuve supplémentaire : sa belle-mère était bel et bien entrée en contact avec elle depuis l'au-delà.

13

Jim et Diane pour l'éternité

Lorsque j'ai demandé à Diane si elle acceptait que j'évoque son histoire dans mon livre, elle m'a répondu que ce serait pour elle un honneur. À dire vrai, c'est moi qui m'étais sentie honorée de croiser la route d'une femme aussi adorable et aussi combative. Diane espère que son exemple saura réconforter ceux qui ont eu à endurer le même genre d'épreuve. Ce chapitre permettra également à ceux qui n'ont jamais consulté de médium de comprendre un peu mieux ce qui se joue au cours de nos séances. Grâce à l'histoire de Diane, ils se feront une meilleure idée de ce qui peut advenir quand un défunt s'adresse à nous depuis l'autre côté du réel.

Diane était une jeune femme aux yeux clairs, chaleureuse et cordiale ; elle n'avait aucun mal à se faire des amis. Jim, lui, était un charmant garçon plein d'entrain. Ils avaient fait connaissance au lycée, en 1968. Elle avait quinze ans, lui deux de plus. Leurs chemins s'étaient séparés lorsque Jim était parti faire son service militaire, mais ils s'étaient retrouvés quelques années plus tard. Le mois suivant, ils étaient mariés. Ils vivaient heureux, comblés par la famille qu'ils venaient de fonder.

Dans les années 1970, après cinq ans et deux mois de félicité conjugale, la mort les avait éloignés l'un de l'autre.

C'est en 2001 que j'ai rencontré Diane. Elle assistait ce jour-là à l'une de mes séances de groupe, dans l'espoir d'obtenir un signe de l'au-delà. Je me suis avancée pour l'accueillir, avant de l'embrasser. Puis nous nous sommes assises, et la consultation a commencé. Quand son tour est venu de parler, Diane m'a demandé si je voyais quelqu'un auprès d'elle. Je lui ai répondu qu'à ses côtés se tenait un homme manifestement sorti du début des années 1970. Il portait une moustache, ai-je précisé, mais pas de barbe. Il était en train d'attirer mon attention sur ses cheveux – la question semblait avoir de l'importance à ses yeux –, plus longs derrière que sur les côtés. Il portait un jean moulant qui mettait en valeur de fort jolies fesses. C'était un homme très séduisant, au sourire irrésistible. Il était grand, mince, large d'épaules. Du doigt, il me désignait une guitare.

« C'est mon mari, a indiqué Diane. Jim avait une moustache, mais pas de barbe, parce qu'elle ne poussait pas. » Ce détail semblait l'amuser.

« Il a succombé à un traumatisme crânien, ai-je repris. Il s'est fait agresser. » Diane a confirmé l'information, précisant que Jim était décédé dans les années 1970.

« Il me montre une pièce très enfumée, on dirait un bar. » C'est là, en effet, qu'il avait rencontré ses meurtriers.

« Selon lui, une femme était impliquée dans l'affaire. Il me dit aussi qu'il n'est pas mort sur le coup et que, même s'ils ont été condamnés à des peines légères, ses assassins continuent de payer pour ce qu'ils lui ont fait. » Autant d'éléments que Diane a immédiatement attestés.

Jim m'a ensuite demandé de dire à son épouse qu'il était navré. Elle lui a répondu qu'elle comprenait parfaitement ce qui s'était passé, qu'il n'avait à s'excuser de rien. Jim avait toujours su, a-t-il ajouté, que Diane était une femme intelligente. Il avait aussi senti que son heure allait bientôt sonner. Diane a confirmé : son mari était persuadé qu'il mourrait avant d'avoir trente ans. Il en avait vingt-six l'année de son décès. Les gens devinent souvent ce genre de chose.

Quand je me suis entretenue avec elle en vue de rédiger ce chapitre, Diane m'a rapporté les événements qui avaient conduit au meurtre de Jim. Ces détails, je vous les livre à mon tour pour que mes jeunes lecteurs comprennent qu'il ne faut pas faire confiance à n'importe qui. Nombreux sont ceux dont l'attitude peut soudain changer du tout au tout. J'espère que l'histoire de Jim contribuera à vous rendre plus prudents.

De son côté, Diane s'est réjouie de pouvoir partager avec moi son expérience. C'était pour elle l'occasion d'évoquer plus facilement ce qui était arrivé à son époux. Les victimes laissent toujours derrière elles des proches obligés de se débattre avec la violence et l'égoïsme responsables de leur décès. Ces survivants ont besoin de faire leur deuil et de se souvenir de celui ou de celle qu'ils ont perdu.

En vous racontant son histoire, je rends hommage

à l'homme merveilleux qu'était Jim. Il n'est plus de ce monde et, un jour, ses meurtriers auront à répondre de leurs actes. Si je crois que Dieu est amour, je crois aussi qu'il est juste. C'est pourquoi les horreurs perpétrées par les criminels ne sauraient sombrer dans l'oubli.

Jim connaissait à peine ceux qui devaient le tuer. Pourtant, il leur faisait confiance, car telle était sa nature. Ceux qui ne songeraient jamais à faire de mal aux autres ont tendance à penser que tout le monde accorde à la vie humaine autant de prix qu'eux. Hélas, ce n'est pas forcément le cas.

Jim est monté dans une voiture en compagnie d'une femme et de deux hommes rencontrés le soir même dans un bar. Ils souhaitaient rendre visite à un ami commun, mais l'ami en question n'était pas chez lui. Sur le chemin du retour, une dispute a éclaté entre les passagers. Le conducteur s'est garé non loin du bar ; un couple, qui habitait dans le quartier, a été réveillé en sursaut par le hurlement des freins. Des témoins ont vu Jim descendre du véhicule en même temps que le conducteur. Ce dernier, d'une prise de karaté en pleine tête, a fait tomber au sol le mari de Diane. La femme, qui les avait rejoints, s'en est prise elle aussi à Jim, lui assénant plusieurs coups de pied au visage. Le deuxième homme est sorti de la voiture pour participer au passage à tabac. Puis, prenant appui sur l'aile du véhicule, il a sauté à pieds joints sur la tête du malheureux. Après quoi, le conducteur l'a tiré en arrière et les trois agresseurs sont remontés dans la voiture. Une femme, qui avait assisté à la scène, s'est précipitée vers Jim pour prendre soin de lui en attendant l'arrivée des secours. « Où est ma femme ? » lui a-t-il seulement demandé.

Jim a repris conscience à l'hôpital, où il a identifié ses assaillants (qu'on avait arrêtés entre-temps). Il a ensuite émis le souhait qu'on appelle la mère de Diane, dont il se sentait aussi proche que de sa propre mère. « J'arrive, maman », lui a-t-il annoncé d'une voix faible. Que voulait-il dire par là ? Toujours est-il qu'il s'est éteint moins de deux semaines plus tard. Diane était persuadée que son mari avait compris qu'il ne se rétablirait pas.

Durant notre conversation, Diane m'a révélé que, trois jours avant notre rencontre, Jim s'était manifesté à elle au cours d'un rêve. Les esprits ont parfois moins de mal à communiquer avec nous de cette manière, car lorsque nous dormons nos défenses tombent.

Or, j'avais indiqué à Diane, pendant notre séance de groupe, que son époux avait dû lui apparaître en songe peu avant ; de quoi la convaincre du sérieux de la consultation. Dans son rêve, Jim la prenait dans ses bras en lui disant : « J'ai attendu longtemps ce moment. »

Pour que vous saisissiez toute la portée de ces quelques mots, il me faut vous donner quelques explications supplémentaires : avant notre séance, Diane avait pris contact avec une émission de télévision dans laquelle intervenait un médium ; elle voulait assister à l'un des enregistrements pour tenter de venir enfin à bout de son travail de deuil. Hélas, en écoutant les messages de son répondeur, ses enfants avaient par mégarde effacé l'appel de la production de l'émission. Diane était désolée. C'est alors qu'une de ses collègues lui avait parlé de moi. Vous connaissez la suite.

Diane avait le sentiment que Jim avait tenté, à plusieurs reprises, de faire intervenir un tiers – un extralucide en l'occurrence – capable de lui prouver qu'il se trouvait bel et bien auprès d'elle. Elle devait consulter une voyante, elle en était certaine. Les paroles de Jim prenaient ainsi tout leur sens : il attendait depuis longtemps que quelqu'un la persuade de sa présence à ses côtés, pour qu'enfin son chagrin se dissipe.

Durant notre consultation, je lui avais transmis un message émis par son époux. Elle ne m'en a révélé le sens que quand je l'ai interrogée en vue d'écrire ce chapitre. Je lui avais alors dit que Jim me parlait d'un homme brun en qui il n'avait aucune confiance. « Il n'a pas changé, disait-il à Diane. Ne te laisse pas avoir. »

Diane m'a raconté au cours de notre entretien que cette phrase avait achevé de la convaincre. Son mari était un homme si bon qu'il faisait confiance à tout le monde, sauf à l'un des membres de leur famille. Il s'en méfiait tellement qu'il allait jusqu'à lui interdire l'accès de son domicile.

Cet homme lui avait rendu visite à l'hôpital, après son agression. À peine avait-il quitté la chambre que Jim avait attiré Diane contre lui pour lui murmurer à l'oreille : « Ne te fie pas à lui. Il n'a pas changé, ne te laisse pas avoir. » Et voilà qu'il me livrait, pour que je les répète à son épouse, ces quelques mots si précieux pour elle. Seules trois personnes étaient au courant de l'incident : Jim, Diane et la mère de celle-ci.

Pendant la séance, Jim m'a également parlé de sa fille. J'ai interrogé Diane à ce sujet. Après quelques hésitations, elle m'a répondu qu'en effet il avait une belle-fille. Jim, visiblement irrité, a de nouveau insisté : il considérait vraiment cette enfant comme la sienne. Diane s'est mise à sourire. Jim, m'a-t-elle raconté, se mettait en colère chaque fois qu'on disait d'Angie qu'elle était sa belle-fille. Il corrigeait systématiquement son interlocuteur. Même mort, ses sentiments n'avaient pas changé.

J'ai demandé à Diane de dire à Angie que Jim venait jouer souvent avec ses petits-enfants. Angie, m'a rapporté sa mère quelque temps plus tard, le savait déjà : elle avait remarqué que ses enfants semblaient souvent s'amuser avec une présence invisible. Alors que Diane poursuivait en m'expliquant qu'elle avait six petits-enfants, son époux s'est empressé de rectifier : « Tu n'as pas six petits-enfants : *nous* avons six petits-enfants. »

Jim aimait profondément Angie. Quand il était encore de ce monde, il avait dit un jour à Diane que jamais il n'aurait été capable d'engendrer une si belle enfant, aussi quelqu'un d'autre s'en était-il chargé pour qu'il ait ensuite le bonheur de l'élever. Angie avait un an au moment du mariage de Jim et de Diane.

Jim m'a fourni énormément d'informations. Au début de notre consultation, il m'avait montré une guitare. Son père en jouait autrefois, et il s'asseyait souvent auprès de lui quand il enregistrait ses morceaux. Plus tard, le fils de Jim avait à son tour tâté de l'instrument. Cette guitare symbolisait donc le lien qui unissait trois générations, et m'indiquait que Jim et son père avaient eu le bonheur de se retrouver dans l'au-delà.

Lorsqu'ils perdent un être cher, les plus jeunes d'entre nous se sentent particulièrement éprouvés. Nous aimerions tous qu'en pareil cas le défunt vienne les consoler. Hélas, cela se produit rarement. L'esprit ne demande pourtant pas mieux que de se manifester pour venir en aide à celui qui souffre.

Il arrive néanmoins que la situation se complique. Quand l'énergie d'une personne décédée se déploie autour de nous, nous la ressentons. Ceux que nous avons perdus nous manquent, alors que nous devrions percevoir leur présence à nos côtés, comprendre qu'ils passent de longs moments en notre compagnie et partagent notre douleur. Face à la tristesse qu'il découvre dans notre cœur, le défunt multiplie les efforts pour nous apporter un peu de réconfort. C'est alors que des images surgissent dans notre tête, que nous fredonnons en pensée une chanson familière, qu'un courant d'air froid nous frôle, qu'il nous semble qu'une présence invisible vient nous toucher...

Malheureusement, ces manifestations ne font parfois que raviver notre chagrin. Je ne pense pas que les esprits en aient conscience, mais quand ils s'obstinent à demeurer dans nos parages, nous pensons tout à coup à eux sans comprendre ce qui se passe, et le manque n'en devient que plus cruel. Nous nous demandons ce qui a bien pu faire affluer tous ces souvenirs en nous. C'est en fait l'énergie produite par la personne décédée qui en est la cause. Rappelons-nous que ceux qui nous ont quittés restent près de nous par-delà le trépas. Ainsi saisirons-nous mieux la nature du lien qui nous unit à eux après leur disparition physique.

Si vous avez du mal à accepter cette idée, songez au moins que, quand votre heure aura sonné, vous retrouverez vos chers disparus, dans l'au-delà où ils vous invitent à les suivre. Cela dit, ne soyez pas trop pressé de les rejoindre. Nous sommes ici-bas pour apprendre et jouir de la vie et, quoi qu'il en soit, notre tour viendra.

Seul Jim a rendu visite à Diane, le jour de notre séance collective ; c'était avec lui qu'elle espérait entrer en contact. De toutes les âmes avec qui il m'a été donné jusqu'ici de communiquer, Jim compte parmi mes préférées. C'est un homme d'une immense bonté, aussi confiant que pourrait l'être un enfant. Il possède en outre ce sens de l'humour des vrais amis, qui savent vous ragaillardir chaque fois que votre moral défaille. Mais cette description ne lui rend pas justice : les mots ne suffisent pas à exprimer les qualités de certains êtres. Au moment où Jim s'est retiré, il a prononcé à l'intention de Diane ces dernières paroles : « Nous resterons toujours ensemble, et lorsque tu quitteras cette terre à ton tour, je serai là pour t'accueillir. »

Jim a alors tendu la main vers celle de son épouse, comme pour l'aider à franchir le pas qui sépare cette vie de la suivante – même si l'heure de Diane est loin d'être venue. Cette dernière était apaisée, satisfaite. Après la consultation, m'a-t-elle dit par la suite, elle s'est laissée envahir par une douce sensation de calme. C'est pour des gens comme Diane que je continue de faire ce que je fais.

14

Le bébé de Stacey

Lorsque Domini a appris qu'elle allait mourir, elle a repris contact avec d'anciennes amies, au nombre desquelles se trouvait Stacey. Je la connaissais pour ma part depuis treize ans, par l'intermédiaire de Dom. Adolescentes, nous sortions souvent dans la même bande, sans être pour autant devenues très proches.

Domini se trouvait ce jour-là chez Stacey. Elle devait ensuite venir chez moi, où j'avais organisé une fête en son honneur, afin qu'elle retrouve une dernière fois notre groupe, avant de nous quitter. Nous étions toutes deux au téléphone, quand elle a soudain passé le combiné à Stacey pour l'obliger à bavarder avec moi. Aussi embarrassées l'une que l'autre, nous avons découvert au cours de notre brève conversation que nous ne vivions qu'à quelques kilomètres l'une de l'autre. Nous partagions aussi le même sens de l'humour un peu moqueur. Aussi bizarre que cela puisse paraître au bout de tant d'années, Stacey et moi avons aussitôt « accroché », au point de nous donner rendez-vous la semaine suivante pour que nos filles aient l'occasion de jouer ensemble.

Stacey attendait alors son deuxième enfant, un petit garçon qu'elle avait déjà décidé de prénommer Trevor. Enthousiaste comme toutes les futures mamans, elle avait hâte de me montrer les résultats de sa dernière échographie. Les clichés en main, je me suis extasiée sur la minuscule forme qui s'y dessinait.

— Domini m'a parlé de tes activités, a commencé Stacey. Peux-tu me dire si tout va bien pour le petit ?

Après une brève hésitation, j'ai passé la main sur le cliché, interrompant mon geste au niveau du bas-ventre du fœtus :

— Il est en parfaite santé, sauf là, ai-je répondu en lui désignant du doigt les reins de son bébé.

— Ça, oui, je sais. Le médecin m'a dit qu'il avait un rein plus gros que l'autre, mais que c'était normal chez les garçons, et que l'anomalie se corrigerait d'elle-même avant la naissance.

Que devais-je faire ? Parler en toute franchise et plonger dans l'angoisse une femme enceinte dont j'espérais devenir l'amie ? Ou mentir, et laisser Stacey affronter seule les problèmes plus tard au cours de sa grossesse ?

C'est elle qui a insisté :

— Dis-moi sincèrement.

— Il y a un gros souci au niveau des reins, mais ça peut se soigner. Les médecins peuvent pratiquer une intervention *in utero*.

— Tu veux dire m'opérer, moi ? Les docteurs m'ont pourtant dit qu'ils ne tenteraient rien avant l'accouchement et que, de toute façon, tout rentrerait dans l'ordre d'ici là.

Ce que je venais de lui annoncer la perturbait beaucoup, et je la comprenais. Elle m'a demandé si je voyais autre chose. Après sa naissance, ai-je poursuivi, Trevor aurait à subir une autre intervention, quelque chose de banal dont il se remettrait parfaitement.

Un peu alarmée par notre conversation, Stacey a préféré consulter, même si elle demeurait persuadée que tout irait bien et que le médecin l'informerait que les reins avaient déjà retrouvé leur taille normale. Hélas, après un examen plus attentif, il s'est avéré que les deux reins de Trevor étaient à présent distendus, de même que sa vessie. Il risquait une défaillance rénale. Quant au niveau du liquide amniotique, il était trop bas. Selon le spécialiste auquel on avait adressé Stacey entre-temps, le pronostic n'était pas bon.

Elle m'a appelée en sanglotant pour m'annoncer que j'avais vu juste. Pour une fois, j'aurais aimé m'être trompée.

Quand Stacey lui a demandé si Trevor avait tout de même une chance d'en réchapper, son médecin lui a répondu qu'il préférait s'entretenir encore avec ses confrères avant de se prononcer.

Les résultats des nouveaux examens pratiqués étaient plus mauvais que les précédents. Stacey, qui avait grand besoin de réconfort, m'a téléphoné. Je ne pouvais pas dire grand-chose : « Tout ira bien, Stacey. Tu traverses l'une des pires épreuves de ton existence, mais je t'assure que Trevor va voir le jour et qu'il se portera bien. »

Je craignais de passer aux yeux de Stacey pour une Madame Je-sais-tout aussi insensible que condescendante. J'étais pourtant certaine d'être dans le vrai.

Puis j'ai parlé à mon amie de son grand-père qui, depuis l'au-delà, « bidouillait » (un terme que, selon Stacey, il employait volontiers de son vivant) un plan pour venir, lui aussi, en aide à Trevor. L'homme, qui se plaignait également de ce que personne ne remontait plus sa pendule à coucou, souhaitait que sa petite-fille s'en charge. Une pendule marron, précisait-il, ornée de grandes feuilles d'érable noires. Stacey voyait très bien de quel objet il s'agissait. Elle ne pouvait qu'être convaincue de la validité du lien qui venait de s'établir avec son aïeul.

Ce dernier m'a encore chargée de garantir à mon amie qu'elle n'était pas seule et qu'il ferait tout ce qui était en son pouvoir. J'étais au téléphone avec Stacey. Elle ne cessait de pleurer. Je me sentais impuissante. Je ne pouvais guère que l'assurer de mon soutien.

Moins d'une semaine plus tard, le Dr Foley, qui venait de prendre en charge Stacey, lui a proposé une intervention qu'on n'avait alors pratiquée qu'en Angleterre. Elle consistait à introduire un drain dans la vessie du fœtus, afin que l'urine s'évacue, produisant du même coup suffisamment de liquide amniotique pour que le bébé reste en vie jusqu'à l'accouchement. L'opération devait avoir lieu la veille de Thanksgiving. Mon amie avait hâte d'y être.

Tout s'est bien déroulé jusqu'à ce que le drain se rompe. Le Dr Foley n'avait connu qu'une fois pareille mésaventure au cours de sa carrière. Sans drain de rechange, il a dû interrompre la procédure.

À Stacey, désormais persuadée qu'elle ne verrait jamais son fils, le Dr Foley a dit sur un ton encourageant : « Si vous le voulez bien, je serai votre lueur d'espoir. »

C'était décidément une année noire pour Stacey, qui m'a appelée un peu plus tard en me faisant part de ses doutes : Trevor ne survivrait peut-être pas plus de quelques jours. Le liquide amniotique avait atteint un niveau dangereusement bas. S'il baissait encore, le bébé ne pourrait plus respirer. J'ai tenté de la requinquer.

« Tout va bien. C'est un petit garçon très calme, mais il est aussi très robuste. »

Stacey ne demandait qu'à me croire, mais comment, vu les circonstances, aurait-elle pu faire preuve d'optimisme ? Le lundi, elle a passé une nouvelle échographie, s'attendant à ce qu'on lui annonce que la situation n'avait pas évolué, voire que Trevor était décédé. Quelle n'a pas été sa surprise lorsque le médecin lui a indiqué que le liquide amniotique avait retrouvé un niveau normal. Le docteur lui-même n'avait entendu parler qu'une fois d'un tel miracle, et encore l'avait-il lu dans un livre. Cela dit, mon amie se gardait de reprendre trop vite espoir.

Je suis entrée en contact avec le bébé tandis qu'il était toujours dans le ventre de sa mère. Je sentais ce qu'il éprouvait, je savais à quoi il allait ressembler quand il serait parmi nous, et quel genre de caractère il posséderait. S'il était prévu qu'il vive, alors j'allais tout faire pour l'aider à venir au monde. J'ai beaucoup médité et posé à mes guides spirituels de nombreuses questions sur le sens de la vie. Tout au long de mon cheminement intérieur, ils m'ont affirmé que Trevor allait s'en tirer et que, depuis l'autre côté du réel, des forces étaient à l'œuvre pour lui porter secours.

Le 18 février 2001, mon filleul, Trevor Jon (c'était le prénom du grand-père de Stacey) Michael (en hommage au Dr Michael Foley, qui lui a sauvé la vie) est né. J'étais présente lors de l'accouchement – je tenais à vérifier moi-même, dès qu'il allait pousser son premier cri, qu'il se portait bien. Le petit gaillard, qui était pourtant arrivé avec quatre semaines d'avance, pesait plus de 3,5 kilos !

J'avais annoncé à Stacey, avant la naissance de son fils, qu'il avait hérité de ses yeux clairs (son mari et sa fille, eux, ont les yeux bruns), mais qu'il tiendrait de son père ses cheveux ondulés. J'avais ajouté que ce serait un solide petit garçon, aussi paisible et joyeux qu'on puisse imaginer. Je le constate aujourd'hui : il est exactement tel que je l'avais décrit à sa jeune maman. Car je connaissais Trevor bien longtemps avant que nous ne soyons officiellement présentés l'un à l'autre.

Peu de temps après, il a fallu opérer les reins du bébé. Stacey a pris la nouvelle avec beaucoup de calme, puisque je l'avais prévenue quatre mois plus tôt. Ce jour-là, j'ai su que j'avais bien fait de lui révéler tout ce qui concernait l'état de santé de son enfant.

J'ai en outre indiqué à mon amie qu'à l'âge de six mois il en aurait terminé avec le traitement qu'on lui avait fait prendre dès sa naissance ; mes prophéties se sont révélées exactes. Après quoi, Stacey m'a interrogée au sujet d'une intervention chirurgicale que mon filleul devait subir avant son premier anniversaire. J'ai confirmé qu'il aurait besoin d'être opéré entre six et neuf mois, mais que tout se déroulerait au mieux. Les médecins, eux, étaient partisans de patienter encore avant d'entreprendre quoi que ce soit.

Finalement, mon vaillant petit bonhomme a bel et bien été opéré à l'âge de neuf mois, ce dont les chirurgiens se sont ensuite félicités : s'ils avaient attendu plus longtemps, des complications auraient pu apparaître.

J'insiste : je n'étais pas seule à veiller sur Trevor. D'autres forces le protégeaient déjà. Mon rôle consistait surtout à prendre soin de Stacey, grâce à mes prédictions. Désormais, mon amie s'en remet régulièrement à sa propre intuition, et lorsqu'elle souhaite obtenir des réponses claires, elle a appris à insister auprès des médecins de son fils. Vous qui me lisez, suivez son exemple : si le diagnostic de votre praticien ne vous satisfait pas, n'hésitez pas à solliciter un deuxième avis. Votre docteur ne vous en voudra pas.

Trevor m'a d'ores et déjà enseigné de nombreuses leçons. Grâce à lui, j'ai pu mesurer toute la puissance de la foi. Raccrochez-vous sans cesse à la vôtre. De même, j'ai compris que les proches que nous avons perdus continuent de nous exprimer leurs sentiments en intervenant dans nos vies. Il ne faut pas sous-estimer la force de l'amour éternel. J'ai également saisi à quel point une situation critique permet de rapprocher les êtres autant qu'elle peut les éloigner à jamais. Stacey est devenue ma meilleure amie et, chaque fois que nous nous remémorerons sa grossesse, nous nous rappellerons que si nos routes se sont croisées à ce moment-là, il ne s'agissait nullement d'une coïncidence.

J'ai un jour reçu en consultation une jeune veuve, qui demeurait inconsolable depuis la mort de son époux. Durant presque toute la séance, je lui ai révélé des détails à son sujet et transmis plusieurs messages de sa part. Elle m'a ensuite raconté que les médecins pensaient qu'elle ne pourrait sans doute jamais avoir d'enfant. Je les ai démentis, ajoutant qu'il lui faudrait moins de deux ans pour devenir mère. Eh bien, je suis ravie de vous annoncer qu'un an plus tard ma cliente a donné naissance à des jumelles.

Un matin que je prenais mon petit déjeuner dans la cuisine, le défunt grand-père de Joe m'a rendu visite pour m'informer que mon mari devait sans tarder faire examiner son cœur ; il ne s'y opposerait pas, a-t-il ajouté, car on comptait dans leur famille de nombreux cardiaques. J'ai transmis l'information à Joe, qui connaît tout le sérieux des messages que je délivre dans ce genre de circonstance.

Il a pris rendez-vous chez le médecin, qui lui a fait subir, entre autres, plusieurs analyses de sang. Ces dernières ont révélé un taux de glycérides et de cholestérol extrêmement élevé. J'avais déjà dit à mon mari que je craignais qu'il ne dépasse pas la quarantaine. Le docteur lui a confirmé qu'il avait eu de la chance de venir le consulter : il aurait risqué, sinon, de succomber à une crise cardiaque vers l'âge de quarante ans. Joe n'est pourtant pas trop gros, et ni son père ni sa mère n'ont souffert de problèmes cardiaques. Je suis reconnaissante à Dieu de m'avoir accordé mes dons pour mille et une raisons, mais tout particulièrement pour avoir, par leur intermédiaire, permis à mon mari de voir grandir nos enfants.

Il m'est souvent arrivé de conseiller à un proche ou à un client de faire pratiquer tel ou tel examen, qui a révélé une forme rare de tuberculose, ou un cancer du sein à un stade précoce. Grâce à mes facultés parapsychiques, je suis en mesure de venir en aide à ceux qui ont besoin d'un coup de pouce de l'au-delà.

Hélas, je suis parfois confrontée à des cas désespérés. Ce sont là des situations que j'ai beaucoup de mal à admettre. Quand on a la possibilité de contribuer à sauver des vies, on a d'autant plus de mal à accepter de ne pouvoir secourir tout le monde. Une blessure mortelle, un décès prématuré, ces tragédies sont inscrites dans le destin de certaines personnes. Pourquoi ? Parce que si le malheur n'existait pas, nous ne saisirions pas forcément à quel point l'existence est un bien précieux. Et quand le monde des esprits parvient à changer le cours des choses, quand nos prières sont exaucées, la vie n'en paraît que plus merveilleuse.

15

J'ai épousé un médium, par Joe, le mari d'Allison

Allison m'a un jour demandé si je désirais ajouter quelques mots à ce qu'elle avait écrit dans son livre. J'ai été assez surpris. Après tout, c'est son projet. Et puis, je suis censé être le seul sous-doué de la maison en matière de médiumnité. Je suis ingénieur dans l'industrie aérospatiale, moi ! Je n'ai jamais vu de fantôme. J'en ai bien entendu un, un jour, mais je n'en ai jamais vu. Cela dit, je me suis senti flatté par sa proposition. J'ai donc accepté. C'est alors que je me suis retrouvé seul devant ma page blanche.

Par où commencer ? Faut-il que je parle de notre rencontre ? Ou bien du moment où j'ai découvert les facultés parapsychiques de mon épouse ? Dois-je évoquer notre vie quotidienne ? Révéler qui, de nous deux, l'emporte en général à la fin de nos disputes ? Vous avouer qu'elle devine systématiquement ce que j'ai dans la tête ? Ces questions, on me les pose sans cesse. C'est pourquoi je crois qu'elles méritent d'être abordées ici. Ce qui me paraît présenter le plus d'intérêt, ce sont les choses qu'Allison ne vous racontera pas.

La première fois que je l'ai vue, il m'a semblé

qu'une lumière céleste descendait sur elle. Elle avait à l'époque de nombreux soupirants mais, de toute évidence, aucun d'eux ne l'intéressait. Malgré des débuts catastrophiques, nous avons senti entre nous quelques atomes crochus. Je ne l'ai pas revue pendant plusieurs semaines, après quoi nous avons commencé à sortir ensemble ; moins d'un an plus tard, nous étions fiancés. À l'époque, j'ignorais qu'Allison était médium, même si j'avais l'impression qu'elle lisait constamment dans mon esprit. Mais cela ne me surprenait pas outre mesure, car la plupart des femmes savent ce que les hommes pensent.

C'est à l'occasion d'un voyage à San Francisco, où je l'avais emmenée pour lui demander sa main, que j'ai commencé à comprendre qu'elle possédait des aptitudes exceptionnelles. Nous avions profité de notre escapade pour visiter le Ripley's Believe It or Not Muséum[1].

Dans le musée, nous avons joué à un jeu consistant à deviner ce que pense votre partenaire. Un panneau sépare les deux « joueurs » et les empêche de se voir. De part et d'autre de ce panneau sont alignées deux séries de boutons identiques, chacun correspondant à une forme : cercle, étoile, carré... L'un des deux partenaires appuie sur le bouton de son choix, après quoi son adversaire tente de presser, de son côté, le même bouton. Si la réponse est juste, des lumières s'allument. Dans le cas contraire, un son abominable retentit.

---

1. Musée où sont exposées des pièces insolites et des installations étranges *(N.d.T.)*.

Allison a deviné cinq fois de suite sur quel bouton j'avais appuyé. J'étais interloqué. Il n'y avait qu'une chance sur 3 125 pour qu'un tel prodige se produise. J'étais persuadé que la machine était détraquée. J'ai vérifié. Elle fonctionnait parfaitement. J'ai demandé à Allison de répéter la manœuvre. Elle ne s'est pas trompée une seule fois. C'est là que j'aurais dû me jeter à ses pieds pour la demander en mariage !

Elle a pourtant attendu encore pour me révéler qu'elle était extralucide. Certes, elle pressentait ce qui poussait les gens à agir comme ils le faisaient, elle devinait invariablement la fin du film qu'elle regardait ou du livre qu'elle lisait. Certes, elle était une excellente conductrice, flairant invariablement le moment où la circulation allait se fluidifier un peu. Mais ces signes étaient trop ténus pour que je les remarque vraiment. Et puis, j'étais amoureux, aussi trouvais-je exceptionnel le moindre de ses gestes.

Peu avant que je ne découvre toute l'étendue de ses dons, il s'est produit un incident étrange. C'était l'après-midi. Nous attendions notre tour devant une station de lavage auto, quand Allison, observant la voiture devant nous, a éclaté de rire.

« Ce serait rigolo si le rinçage tombait en panne au moment où cette voiture sera pleine de mousse. »

Et c'est précisément ce qui s'est passé. Le conducteur a patienté quelques minutes, puis il est sorti de son véhicule en regardant tout autour de lui avec une expression des plus comiques. Il a finalement repris sa voiture, sans doute pour aller se plaindre à la direction.

À cette époque, je ne savais pas très bien si Allison lisait l'avenir ou si elle était capable de provoquer certains événements. Mais je n'allais pas tarder à en apprendre davantage. J'allais bientôt obtenir la réponse à la plupart de mes questions, même si ces réponses à leur tour allaient soulever d'autres interrogations.

Un jour, les capacités sensorielles d'Allison se sont emballées. Elle voyait tout un tas d'esprits autour de notre maison, et cela la mettait un peu mal à l'aise. Je lui ai demandé ce qui la chagrinait.

« Comme si tu ne le savais pas », a-t-elle répliqué. Eh bien non, je ne le savais pas. Je ne voyais rien, moi. J'ai insisté, et elle a fini par me décrire ce qu'elle avait sous les yeux. Dès qu'elle a eu compris que je ne la repousserais pas sous prétexte qu'elle possédait des facultés paranormales, elle a commencé à recevoir de nombreux messages de la part des membres défunts de ma famille.

Mon père a été l'un des premiers à se manifester. Il était décédé deux mois et demi avant notre rencontre. Il me manquait et je regrettais que mon épouse et lui n'aient pas eu l'occasion de faire connaissance. Allison m'a parlé de la table à dessin sur laquelle je fabriquais des maquettes d'avion dans mon enfance, mon père, dans ces moments-là, se penchant sur mon épaule pour observer ce que je faisais. Elle m'a décrit en détail ma chambre de petit garçon, ainsi que les modèles réduits que j'avais suspendus au-dessus de mon lit. Elle connaissait des choses qu'elle n'avait pu apprendre qu'au travers de ses activités médiumniques. C'est de cette merveilleuse façon que j'ai découvert les dons de ma femme. Je crois que, de son côté, elle s'est sentie soulagée de pouvoir enfin se révéler entièrement à moi.

Vivre auprès d'Allison n'est pas si compliqué que vous l'imaginez peut-être. La vie avec elle est différente : impossible de mentir, pour s'en excuser ensuite. Car elle devine le mensonge dès qu'il est prononcé. Elle s'estime donc aussitôt trahie. J'ai appris, dès le début de notre union, qu'entre nous une absolue franchise était de mise.

Allison possède aussi une mémoire extraordinaire. Elle se souvient de tout. La plupart des maris en disent autant de leur femme, et peut-être ont-ils raison. Mais mon épouse, elle, se rappelle, pour toutes les fêtes et tous les anniversaires auxquels nous avons assisté depuis dix ans, les vêtements que portait chaque invité, qui était présent ou non, les plats qui ont été servis, les cadeaux offerts...

Je ne crains jamais de l'égarer dans les grandes surfaces ni les parcs d'attraction : elle sait toujours où je me trouve. Il m'arrive d'ailleurs d'oublier, quand je suis avec quelqu'un d'autre, que tout le monde n'est pas capable de me dénicher aussi aisément.

Ceux qui s'aiment vivent en harmonie, mais nous donnons à cette harmonie un sens nouveau. « Est-ce que tu penses ce que je pense ? » Cette question possède, chez nous, une signification profonde. Un lien puissant unit la plupart des époux. Disons qu'entre Allison et moi ce lien est cent fois plus puissant.

Ma femme se sert de ses dons pour rendre notre vie plus belle. Par exemple, elle m'appelle souvent dès que je me mets à penser à elle. Ou alors, elle me suggère d'emporter un peu plus d'argent liquide lorsque je vais faire une course. Je ne comprends d'abord pas pourquoi, jusqu'à ce que je constate, sur place, que le terminal de paiement est en panne. Je me suis habitué à tout cela.

J'ai passé de nombreuses soirées à écouter Allison me transmettre les messages émis par les morts. La plupart du temps, il s'agit de membres de ma famille, mais parfois se glissent aussi dans ces échanges quelques personnages célèbres. En général, les esprits nous fournissent d'abord quelques indications susceptibles de prouver leur identité. Mon grand-père décédé nous a ainsi raconté qu'il regrettait tout particulièrement la *clam chowder*[1] de Boston. Nous avons téléphoné le lendemain à ma mère, qui nous a confirmé qu'il s'agissait là d'un des plats préférés de mon aïeul.

Une autre fois, je lui ai demandé des nouvelles d'Albert Einstein. Allison m'a indiqué, en retour, le nom des rues proches de l'université qu'il avait fréquentée en Allemagne. Il lui arrive également de me parler d'événements qui se produiront plus tard dans ma vie.

Ce livre contient mille exemples des choses formidables dont Allison est capable. Mais elle ne se réduit pas à ses dons. Elle est aussi une épouse, une mère et une amie. Comme la plupart d'entre nous, elle se sent fatiguée après une grosse journée de travail et elle aime alors se détendre en regardant des jeux télévisés ou des *sitcoms*. De temps à autre, elle se pas-

---

1. Bisque de palourdes typique de cette ville des États-Unis *(N.d.T.)*.

sionne pour une émission scientifique dans laquelle des spécialistes extirpent une larve d'insecte du nez d'un cadavre décomposé pour mieux confondre le meurtrier. Ces soirs-là, je lui demande si elle trouve réellement dans ces spectacles de quoi décompresser, mais elle est tellement absorbée qu'elle ne me répond même pas.

Moi qui suis un scientifique pur et dur, j'aimerais vraiment percer la nature des facultés paranormales d'Allison. J'ai étudié ses habitudes, pratiqué quelques tests, dans l'espoir de parvenir un jour à une explication. Cela dit, à la question « Pourquoi elle ? » je pense que je n'obtiendrai pas de réponse satisfaisante dans le cours de cette vie.

16

La science et l'au-delà

Je suis un rat de laboratoire

Pendant l'hiver 2001, *Dateline*[1] a consacré l'un de ses numéros au Pr Gary Schwartz, ainsi qu'à John Edward. On y mettait à l'épreuve les facultés parapsychiques de ce dernier, tandis que M. Schwartz faisait part aux téléspectateurs de ses travaux sur la persistance de l'énergie humaine après la mort. Mes guides m'ont alors suggéré de prendre part, moi aussi, aux recherches du professeur. Je devais le contacter, insistaient-ils. Mes guides ne me donnent jamais de mauvais conseils, mais j'ignorais tout du rôle que je pourrais tenir auprès d'un universitaire. J'étais séduite par ce rapprochement possible entre la science et l'au-delà, mais allais-je parvenir à faire mes preuves dans ce domaine ?

Le Pr Schwartz dirige le Human Energy Systems Laboratory, situé à Tucson, au sein de l'université d'Arizona. Il est connu dans le monde entier pour ses

---

1. Magazine télévisé d'actualité *(N.d.T.)*.

travaux sur la vie après la mort. Il m'a fallu environ un mois pour le rencontrer – M. Schwartz est un homme très occupé. Le médium qui viendrait chercher auprès de lui la confirmation de sa propre valeur repartirait déçu. Gary est là pour vous étudier, non pour vous faire des compliments. Cela me convient très bien. C'est un scientifique, pas un fan. D'ailleurs, pour me moquer de moi-même, je me suis surnommée « le rat de laboratoire de Gary ».

J'avais hâte de faire sa connaissance. La science allait bientôt conférer une valeur objective à mes activités. Je n'attendais pas qu'il me félicite, mais tout bonnement qu'il mesure mes aptitudes. Je souhaitais même faire une prédiction fausse, voire échouer à l'un des tests. Car je voulais à tout prix savoir, pour mon propre compte, si j'étais à la hauteur de mes propres attentes. Et je désirais connaître les réactions du monde universitaire vis-à-vis de l'univers spirituel.

Je me suis donc rendue à Tucson pour y rencontrer Gary Schwartz. Impressionnée par sa réputation, je lui ai aussitôt donné du « professeur ». Après tout, il a consacré de nombreuses années de sa vie aux études, en vue d'obtenir son doctorat. Mais il a insisté pour que je me contente de l'appeler Gary – c'est un homme modeste, chaleureux et séduisant.

Ma visite tombait à point nommé, m'a-t-il dit : il avait perdu quelqu'un deux jours plus tôt. Tandis qu'il me parlait, l'esprit d'un défunt s'est matérialisé à côté de lui.

« Il ne manquait plus que ça ! ai-je pensé. Que va-t-il se passer s'il n'est pas d'humeur à entendre parler maintenant d'un proche décédé ? » Car nos chers disparus manifestent parfois un peu trop d'empressement.

L'homme a sorti une clé anglaise dont il s'est mis à marteler le crâne de Gary. La scène était si cocasse que j'avais bien du mal à garder mon sérieux et à écouter ce que le professeur avait à me dire. J'ai fini par craquer.

— Gary, il y a un homme auprès de vous. Votre oncle, je crois, ou votre grand-oncle. Ce n'est pas un universitaire comme vous. Il est en train de vous donner des coups de clé anglaise sur la tête, pour rire. C'est un manuel. Il utilise des outils pour son travail et c'est un bricoleur hors pair. Quelqu'un de pragmatique.

— C'est très bien, mais nous discuterons de tout cela après les tests.

J'ai pris une profonde inspiration, et nous avons poursuivi notre entretien. Gary désirait savoir si j'étais en mesure de lui fournir des informations concernant la personne récemment décédée dans son entourage. Lui-même ne m'a livré aucun élément à son sujet – j'ignorais s'il s'agissait d'un homme ou d'une femme, je ne connaissais ni son âge ni les circonstances de sa mort.

Après une courte pause, je me suis lancée : « Je vois une vieille dame. Une femme menue, aux cheveux blancs, accompagnée d'un petit chien. » Je n'étais pas satisfaite, car de vieilles femmes avec des petits chiens, il en meurt tous les jours. J'aurais souhaité quelque chose de moins ordinaire : un gamin muni d'un anneau dans le nez, un homme en chemise à pois mauves. Ce sont les signes particuliers qui définissent un individu et donnent tout leur poids à mes interventions.

Le Pr Schwartz, qui était demeuré un moment silencieux, m'a invitée à continuer.

J'étais extrêmement tendue. Gary a fait ses études à Harvard, où il enseigne aujourd'hui, ainsi qu'à Yale. C'est un universitaire respecté, et je voulais le surprendre. Il travaille avec quelques-uns des plus célèbres médiums de la planète. Je désirais lui faire forte impression. Ça n'allait pas être facile. Une image a alors surgi dans ma tête, dont je n'ai rien dit car elle me paraissait sans le moindre intérêt.

Mais l'expression de mon visage avait dû me trahir, car le Pr Schwartz m'a encouragée à parler.

— Dites-moi tout ce que vous voyez. Peu importe que vous fassiez erreur.

— Je vois un vendeur de journaux au coin d'une rue. Il est à New York. Il brandit l'un de ses exemplaires pour me le montrer. La défunte, elle, me dit : « Je ne marche pas toute seule. »

Gary a noté mes déclarations.

— Votre amie aime beaucoup les fleurs, ai-je ajouté.

Le professeur n'a pas réagi à ma remarque.

J'ai continué ainsi de lui révéler d'autres détails jusqu'à la fin de notre séance. Gary s'est ensuite proposé de commenter les renseignements que je venais de lui transmettre. J'étais impatiente. Je pouvais aussi bien m'être trompée sur le sexe de la personne décédée, sur son âge, sur mille autres choses. Mes nerfs étaient soumis à rude épreuve.

La défunte, m'a appris le professeur, s'appelait

Susy Smith et c'était en effet une vieille dame. Elle s'était éteinte à près de quatre-vingt-dix ans. Gary et elle avaient été collègues, puis amis. C'était une femme menue aux cheveux blancs, qui avait jadis été journaliste à New York. Et son petit chien, qu'elle aimait beaucoup, était mort plusieurs années plus tôt.

Susy m'avait annoncé depuis l'au-delà : « Je ne marche pas toute seule. » Gary comprenait ce qu'elle entendait par là, car elle lui avait confié, peu avant de mourir, qu'elle espérait bien qu'une fois là-haut elle retrouverait l'usage de ses jambes ; elle se déplaçait en fauteuil roulant. Par les quelques mots qu'elle m'avait adressés, elle avait fait savoir à son ami que son vœu s'était réalisé. Par ailleurs, Susy adorait les enfants, mais n'en avait jamais eu. Or, je l'avais décrite à Gary debout auprès d'un petit garçon. Cela signifiait qu'elle veillait désormais sur plusieurs bouts de chou, qu'elle marchait à leurs côtés.

Mon allusion aux fleurs avait également sa raison d'être, car Susy en peignait beaucoup. Une foultitude d'autres détails ont fini de convaincre Gary que son amie vivait à présent, en bonne santé, de l'autre côté du réel. Le professeur m'a ensuite parlé du personnage que j'avais vu près de lui au début de notre conversation.

Gary avait un oncle qui aimait le taquiner lorsqu'il était enfant. L'homme tenait à l'époque une quincaillerie et il était, en effet, très habile de ses mains. De toute évidence, l'oncle du Pr Schwartz continue ses facéties depuis l'au-delà. Un médium est heureux de voir ses informations confirmées par son client ;

cela lui permet de partager avec celui-ci un moment d'intimité. J'ai décidément beaucoup de chance de pouvoir rencontrer ces esprits hauts en couleur qui me chargent de transmettre leurs messages à ceux qui restent et auxquels ils manquent tant.

Gary m'a soumise en avril 2001 à une autre expérience. Il avait posé à sa vieille amie Susy une question, qu'il gardait secrète. Il souhaitait à présent que Susy lui réponde par l'intermédiaire d'un des médiums participant à l'étude, chacun étant soumis au test sans la présence de ses collègues.

Quand il m'a interrogée à mon tour, je lui ai répondu que l'affaire concernait quelque chose que Susy désirait lui léguer. Je revoyais sans cesse en pensée une scène du *Magicien d'Oz,* dans laquelle Dorothy promène son petit chien Toto dans un panier. Le professeur m'a poussée à préciser ma vision.

Tandis qu'il s'entretenait, au sujet de ses notes, avec la secrétaire qui enregistrait nos séances, j'ai murmuré :

— Son chien.

— Qu'avez-vous dit ? a demandé Gary en dressant l'oreille.

— Son chien. Qui a récupéré son chien ? Elle veut qu'il vous revienne, car personne, me dit-elle, ne l'aimera jamais autant que vous.

Au terme de l'expérience, le professeur m'a révélé le contenu de la question qu'il avait initialement posée à la vieille dame : « Qui désirez-vous voir hériter de votre chien ? » C'est ce que j'appelle une réussite !

À ceux qui voudraient savoir ce que je pense de Gary, je répondrai que notre relation se joue à plusieurs niveaux. C'est un personnage impressionnant et un scientifique de renom. J'ai beaucoup d'estime pour son humour et sa force. Vous l'aurez compris : je l'admire énormément.

J'ai appris, en participant à ces expériences, à me concentrer vraiment sur mes facultés parapsychiques. Lorsque j'ai fait la connaissance du Pr Schwartz, je possédais certes des dons innés, mais il me manquait le cadre qui allait me permettre ensuite de repousser les limites de mes aptitudes. Grâce aux défis lancés par Gary, je me suis enhardie dans le cours de mes consultations. Il y a en effet une grande différence entre obtenir le nom d'une personne décédée et répondre, sans la connaître, à une question préalablement posée aux esprits par un tiers. Il m'a fallu apprendre à me concentrer vraiment pour sortir vainqueur d'épreuves aussi difficiles.

De telles questions peuvent être perçues, vu les conditions de l'expérience, comme de véritables ordres lancés aux défunts. Il s'agit de recherche universitaire. Les émotions, ici, n'ont pas leur place. Susy, parce qu'elle a été une scientifique en son temps, a envie de prendre part à ces travaux, mais ce n'est pas forcément le cas de tous les disparus. Et puis, les médiums ne sont jamais que des secrétaires. Nous ne faisons que répéter ce que les esprits nous disent.

Les séances en laboratoire ont ceci de particulier que nous ne pouvons établir, avec l'âme qui s'adresse à nous, ce lien affectif qui, dans une consultation, se noue par l'intermédiaire de notre client. En séance privée, je ressens ce que le défunt éprouve pour le consultant assis en face de moi. Je perçois des souvenirs communs, je distingue des objets susceptibles de les réunir. La présence conjointe de ces deux énergies – celle de mon client et celle du proche qu'il a perdu – m'aide à établir une relation matérielle entre ces deux êtres, à faire office entre eux de médiatrice.

En laboratoire, je n'ai, la plupart du temps, personne en face de moi. Je ne connais ni son sexe ni son âge, je ne sais rien de lui. Je ne fais que recevoir une information depuis l'au-delà, que je délivre ensuite aux chercheurs, qui la transmettent à leur tour afin qu'il juge la valeur des résultats que j'ai obtenus.

L'absence de ce dernier provoque en moi une légère sensation de vide. J'ignore si j'ai réussi à combler l'écart entre ce monde-ci et l'autre. Durant une consultation, un contact étroit se crée entre mon client et moi. Au cours d'une expérience scientifique, ce contact me manque. Cela dit, c'est là un tout petit prix à payer car, en participant à ces études, j'ai bon espoir d'être utile aux futurs médiums.

En collaborant avec les chercheurs, nous prenons l'habitude de nous fier aux renseignements que nous glanons auprès des défunts, si étranges puissent-ils nous paraître, puisqu'il nous faut, de toute façon, en faire part pour qu'ils soient consignés. Nous avons aussi appris à travailler sur commande, y compris dans des conditions difficiles.

Pour autant, nous ne devons pas mettre de côté

notre humanité. Je tâche toujours de me rappeler qu'en consultation l'honnêteté et la compassion envers le client sont essentielles. Mais en travaillant main dans la main avec des universitaires, je suis devenue plus forte et je tire de ces expériences d'innombrables leçons de vie.

Mettre mes dons à l'épreuve compte beaucoup pour moi. Je gagne en confiance et j'aiguise mes facultés parapsychiques. Pour ce faire, je note tous les éléments qui me parviennent, la manière dont je les ai obtenus et ce que j'ai ressenti à ce moment-là. J'examine le plus objectivement possible les informations que je recueille. C'est ainsi que je me suis rendu compte que les défunts ne pouvaient me faire passer leurs messages qu'en recourant à des notions qui me sont familières, en me donnant des noms, en me montrant des images ou des lieux. En d'autres termes, je dois d'abord comprendre les données avant d'être en mesure de les communiquer. Cela signifie que mes dons sont indissociables du reste de mon existence.

Par exemple, ma connaissance du domaine judiciaire, en particulier de ce qui a trait aux homicides, me permet, lorsque je sonde l'esprit d'une victime, d'obtenir aisément des renseignements d'ordre légal concernant le meurtrier, et de pressentir le verdict à venir. De même, je pénètre facilement dans le cerveau des tueurs. J'ai remarqué que John Edward, pour sa part, sait mieux que personne, grâce à sa culture médicale, déterminer la cause d'un décès ou diagnostiquer une pathologie. Les médiums ont tous leur spécialité. Chacun d'entre nous possède des points forts et une façon bien à lui d'améliorer ses facultés. Vive la diversité.

Un jour que je me trouvais pour raisons professionnelles à Tucson, j'ai proposé à Gary de nous retrouver dans un restaurant mexicain. Une douce lumière baignait l'endroit et je me réjouissais d'être en si bonne compagnie. Le Pr Schwartz, Joe, mon amie Catherine et moi étions rassemblés autour de quelques plats épicés.

Après avoir passé notre commande, Gary m'a proposé de relever un défi. Je tiens à préciser qu'il ne s'agissait en aucun cas d'une expérience officielle, mais bien d'un jeu entre amis.

On pensait, m'a-t-il informé, que Susy rendait visite à une enfant. Cette dernière affirmait en effet qu'elle voyait et entendait la vieille dame. Étais-je en mesure de deviner qui était cette enfant et d'en apprendre plus sur sa mère ?

Calée au fond de mon siège, j'ai examiné la question. « Je vois une fillette à l'hôpital. Elle a perdu ses cheveux. »

J'ai ensuite indiqué un nom à Gary – je ne me suis trompée que d'une lettre. J'ai ajouté une poignée de détails et plusieurs messages d'amour concernant la petite.

Le Pr Schwartz est intervenu : « Elle a un cancer, mais je ne sais pas si elle a perdu ses cheveux. » (Vérification faite, c'était bien le cas.)

Il a poursuivi :
— Où Susy apparaît-elle à cette enfant ?
— Sur le lit de la gamine.

C'était exact.

Cette fillette est une véritable boule d'énergie, c'est une enfant lumineuse qui, comme moi, possède des dons qu'elle apprend en ce moment même à cerner. C'est en partie pour cette raison que Susy l'a choisie pour entrer en contact avec le monde des vivants. Cette enfant est accessible. Elle est aussi très agréable.

— Et la mère ? m'a relancée Gary.

— J'ai l'impression que c'est un médium, et qu'elle est passée à la télé.

Depuis l'au-delà, Susy m'a alors montré Stevie Nicks, la chanteuse du groupe américain Fleetwood Mac. Je me suis tournée vers le professeur :

— Laurie Campbell. Il s'agit de Laurie Campbell ?

— C'est une question ou une affirmation ?

— Une affirmation.

Je n'avais jamais vu Laurie Campbell, à l'époque. Mais chaque fois que j'entendais prononcer son nom au laboratoire, le visage de Stevie Nicks m'apparaissait pour je ne sais quelle étrange raison. Je savais désormais que c'était Susy qui avait organisé cette association visuelle.

Gary ne comprenait pas très bien pourquoi je reliais Laurie à Stevie Nicks, mais j'avais vu juste : Laurie Campbell était bien la maman de la fillette que nous venions d'évoquer. Je ne savais alors rien de Laurie, sinon qu'elle participait régulièrement, en tant que médium, à des expériences scientifiques. Pour me rendre son message intelligible, Susy s'était servie de la seule information dont je disposais au sujet de Laurie Campbell.

En tout cas, Gary était satisfait. Plus tard, lorsque

j'ai fait la connaissance de Laurie, je lui ai parlé de son rapport avec Stevie Nicks. Elle m'a appris qu'au cours de la conversation qu'elle avait eue avec Susy, peu avant sa mort, elle avait raconté à la vieille dame qu'elle aimait porter des robes semblables à celles de la chanteuse et qu'elle avait avec elle plusieurs points communs.

Je constatais, une fois de plus, que ce qui paraît dénué de signification à l'un est révélateur pour l'autre. De son vivant, Susy a consacré beaucoup de son temps et de son énergie à tenter de prouver la réalité de la vie après la mort. Elle poursuit aujourd'hui son œuvre pour nous montrer que l'énergie humaine subsiste au-delà du trépas.

Deepak Chopra

Je me suis efforcée, au nom de la science, d'éclairer de nombreux consultants. Mais il en est un qui a provoqué l'hilarité du très sérieux Pr Schwartz le jour où celui-ci m'a révélé son identité.

Gary m'a appelée pour me proposer une séance par téléphone. L'expérience prenait des allures d'audioconférence, impliquant le consultant, Gary et moi-même. Notre conversation a été enregistrée, puis transcrite. Laurie Campbell et moi avons, chacune de notre côté, participé à l'étude.

Les choses se sont déroulées de la manière suivante : on m'a demandé ce que je percevais à propos du consultant. J'ai aussitôt reçu un déluge d'informations, que j'ai soigneusement transmises à mon interlocuteur. Selon les termes de l'expérience, ce dernier n'était pas autorisé à me parler avant la fin de la séance.

Je ne peux me permettre ici de dévoiler les aspects les plus personnels de la consultation, car l'homme est une célébrité qui tient à préserver sa vie privée. Je savais d'ores et déjà qu'il s'agissait d'un personnage important, car son défunt père m'avait affirmé que son fils portait le poids du monde sur ses épaules.

Que de responsabilités ! J'ai indiqué à mon client du jour ce qu'il devait faire pour prendre soin de sa santé. Je lui ai transmis les messages de ses proches décédés. Bref, j'ai agi avec lui comme je le fais avec n'importe quel consultant. Je lui ai révélé la cause de la mort des êtres chers qu'il avait perdus, ainsi que quelques précisions à leur sujet. J'étais ravie de parvenir à jeter un pont entre ce monde-ci et l'autre.

Au terme de la séance, Gary m'a demandé si j'avais deviné à qui j'avais affaire.

Je n'en avais pas la moindre idée.

« Allison, tu viens de parler à Deepak Chopra ! »

Ce dernier me ferait savoir plus tard que les renseignements que je lui avais fournis étaient exacts à 80 %.

Pour ceux qui l'ignorent, Deepak Chopra est un médecin d'origine indienne, connu dans le monde entier pour ses ouvrages sur la spiritualité. Dire que je venais de faire des recommandations à un homme qui côtoie les plus grands sages de la planète ! Cet auteur de best-sellers conseille en outre des chefs d'État, des stars, des têtes couronnées… Et moi, je lui avais proposé mon aide !

C'était pour moi un grand honneur, lui ai-je dit. Et puis, j'étais heureuse de lui rendre une parcelle, même infime, de tout ce qu'il offre à ses semblables. Certains donnent, d'autres prennent, et nous nous situons pour la plupart entre ces deux pôles. Celui qui ne fait que donner risque d'épuiser ses ressources. À l'inverse, celui qui prend vide les autres de leur énergie. C'est pourquoi j'espère avoir apporté à Deepak Chopra un peu de cette énergie qu'il dépense, afin de l'aider à retrouver son équilibre. Après avoir échangé quelques mots sous les rires de Gary, nous avons conclu l'expérience. Jamais je n'oublierai cette séance.

Moteur !

Pendant que j'écrivais ce livre, on m'a proposé d'auditionner pour le pilote d'une émission télévisée. Les producteurs ont d'abord souhaité mettre mes talents à l'épreuve par le biais d'une consultation téléphonique ; le client serait un cadre de leur société, prénommé Brian. Je préfère d'ordinaire m'entretenir seule avec le consultant, aussi ai-je éprouvé un brin de méfiance. Je me suis néanmoins préparée, le jour venu, à affronter cette nouvelle audioconférence.

J'ai d'abord perçu un drame en relation avec la sœur de Brian. La défunte avec qui j'étais entrée en contact me montrait une voiture qui avait un lien avec la jeune femme. J'ai également indiqué à mes interlocuteurs que la personne qui s'adressait à moi depuis l'au-delà avait succombé à un problème respiratoire. Brian ayant confirmé l'information, j'ai poursuivi, délivrant à destination de sa sœur assez de détails pour que la présence à mes côtés de son amie décédée lui paraisse indiscutable.

J'ai aussi assuré à Brian que sa sœur n'allait pas tarder à épouser l'homme de sa vie. Il était pour le moins étonné, car la jeune femme vivait à l'époque une relation amoureuse qui était loin de la combler. Un mois après cette séance, elle s'est rendue à une réunion d'anciens élèves où elle a retrouvé l'un de ses camarades de lycée. Ils se sont mariés en octobre 2002.

Le grand-père de Brian s'est ensuite présenté à moi pour me montrer un accordéon. Brian m'a appris que sa grand-mère en jouait, de même que son frère. J'étais satisfaite de pouvoir mentionner l'instrument, car un objet insolite est plus à même de convaincre un client de la réalité du lien avec l'au-delà. Le principe de l'audioconférence a fini par prouver ses avantages : chaque fois que la stupéfaction laissait Brian sans voix, sa collègue Debby éclatait de rire, contribuant à entretenir entre nous une atmosphère détendue.

Après notre séance, Joe m'a demandé comment elle s'était déroulée. Ç'avait été une très belle séance. Je savais, ai-je ajouté, qu'on allait me demander de renouveler l'expérience avec un autre cadre de la société de production. J'avais vu juste : la semaine suivante, on m'a proposé une autre consultation téléphonique, pour le compte de Karen cette fois, qui travaille avec Kelsey Grammer au titre de vice-présidente du département télévision de Gramnet Productions. Malgré mes réserves à l'égard des audioconférences, je n'aurais décliné l'invitation pour rien au monde.

Une semaine plus tard, j'ai reçu un appel de Karen, jeune femme pétulante et gaie. Je suis entrée en contact avec l'un de ses amis décédés, qui m'a décrit la petite ville où ils avaient tous deux grandi, ainsi que la maison que la petite Karen avait habitée ; c'était là que les deux enfants avaient l'habitude de jouer. Il m'a en outre montré une balançoire rudimentaire suspendue à la branche d'un arbre.

Vers la fin de la séance, j'ai soudain vu en songe Bugs Bunny, ainsi que le logo de Warner Bros. J'ai demandé à Karen si elle avait déjà travaillé pour cette société.

« Oui ! s'est-elle exclamée, abasourdie. Non seulement j'y ai travaillé, mais demain j'ai rendez-vous là-bas. » C'était la première fois qu'elle allait retourner dans cette entreprise depuis son départ. Cette coïncidence l'a vivement impressionnée.

J'ai ensuite évoqué l'Europe où, selon moi, elle s'était rendue ou allait se rendre bientôt. La jeune femme s'apprêtait en effet à partir pour le Vieux Continent. Karen était enchantée de notre entretien.

On m'a alors proposé de venir passer une audition à Los Angeles. Les producteurs s'étaient initialement adressés à plus d'une centaine d'extralucides. Ils en avaient retenu dix-huit pour auditionner devant les caméras des studios de la Paramount. Au terme des sélections, ils n'en garderaient que cinq.

Je suis passée la première. J'ai eu affaire à trois

consultants. Tout s'est parfaitement passé. Et puis, j'étais ravie de me trouver là, dans ce lieu où une part de l'histoire du cinéma s'était écrite. Les auditions se déroulant sur deux jours, j'ai profité de mon temps libre pour jouer les touristes avec mes nouveaux amis. Nous avons parlé tous ensemble des pressions énormes inhérentes au monde du spectacle.

Cet après-midi-là, les deux femmes avec lesquelles j'avais tout particulièrement sympathisé ont appris qu'elles n'étaient pas retenues. Nous avons décidé, pour notre dernière soirée commune, de nous offrir un bon restaurant. Nous étions cinq convives : Penny Thornton, surnommée la Duchesse, qui, six années durant, avait été l'astrologue et la conseillère de la princesse Diana, Ulrich Bold, astrologue évolutionniste, Freya, spécialiste des runes, et Joan, un médium, comme moi. Nous avons passé un moment merveilleux, parlant tard, jusqu'à ce que nos obligations du lendemain matin nous poussent à aller nous coucher. Nous sommes toujours amis depuis.

J'ai finalement appris que je comptais parmi les cinq extralucides sélectionnés pour participer au pilote, dont le tournage restera à jamais gravé dans ma mémoire. J'ai adoré travailler en compagnie de ces collègues dont les dons ne m'étaient pas forcément familiers. Chacun d'eux m'a révélé quelque chose à mon propre sujet.

L'enregistrement de cette émission fait partie de ces heureux événements qui, dans le cours de ma vie, ont contribué à faire de moi celle que je suis aujourd'hui. J'ai ainsi appris que, dans tous les métiers, on n'était pas toujours d'accord sur la manière de faire les choses, mais qu'au fond cela importait peu. J'ai également appris à fixer mes limites, au sein d'une profession que je connaissais alors très peu. J'ai compris à quel point comptaient à mes yeux tous ces gens qui, autour de moi, avaient eu le chagrin de perdre un être cher. En aucun cas je ne souhaitais me détourner d'eux ; je voulais au contraire contribuer à leur guérison. À chaque nouvelle leçon, je me suis rapprochée pas à pas de celle que je n'ai jamais cessé d'être : un médium.

Table

Avant-propos	9
Introduction	13
Permettez-moi de me présenter	15
1. « My Way »	21
2. La fillette et l'au-delà	35
3. Un ange sur mon épaule	39
4. Disparitions	45
5. Médiums en herbe	67
6. Les médiums et l'adolescence	87
7. L'empathie	99
8. Après le chagrin viendra la paix	103
9. Ces petits détails qui comptent	113
10. Mes dons et moi	129
11. Toute la vérité ?	157
12. Plus fort que la mort	165
13. Jim et Diane pour l'éternité	185
14. Le bébé de Stacey	195
15. J'ai épousé un médium, par Joe, le mari d'Allison	205
16. La science et l'au-delà	213

Photocomposition *C MB* Graphic
44800 Saint-Herblain

Achevé d'imprimer
en octubre 2007
par Printer Industria Gráfica
pour le compte de France Loisirs, Paris

Numéro d'éditeur : 49739
Dépôt légal : novembre 2007

Imprimé en Espagne